今早的时间很快乐。我能够听见它们愉快的喃喃低语。它们一路向前,永不停留。如果非要让我形容它们的样子,那它们更像是某种看不见的雾。

拉松躺在床上。显然,他喝醉了。他晃晃悠悠地从柜子里拿出那瓶"深海渔夫",说什么也要送给我。"最美好的时光已经过去了,我可能明天就会死去。"他坐在床头,盯着地面,认真地说。而我早已习惯了他的这种胡言乱语。这个老酒鬼。

在他的桌子上,摆放着五六个相框,里面都是他妻子的照片。有年轻时的,也有老了以后的,但不管哪一张,里面的那个女人都非常美。

"最美好的时光……"他的声音越来越低,最后身子一斜,躺了下去。我为他盖好被子,走出门口,来到外面。

回到家里,我站在唯一的那面镜子前,端详着我的面孔。当然,这张脸太过寻常,没什么可说的。我只是想要确定某件事。几分钟后,我相信我能够确定了:我依然年轻。我离开镜子,洗了一只杯子,自斟自饮起来。第一杯"深海渔夫"下肚,我觉得自己获得了重生。我记不得后来的事,当我再次醒来,恢复意识时,已是第二天的中午。

"你还是少喝点吧。"

一只手搭在我肩膀上,打断了我的回忆。我回过头,看到作为他的长期跟班，他好像总是觉得对我有所亏欠——虽然我不知道这亏欠从何而来。

"剩下的事情就拜托你了。"他说。

拉松退休后，我就成了镇子上唯一一名警察。我每天穿着那件制服，例行公事地到处巡逻。从我来到这个小镇，我就没有见过什么真正的犯罪。这甚至使我不可避免地有一点点失落，因为我的工作更像是一个摆设。拉松退休那天，本来是要为我办一个交接仪式，但是他生病了，就没有办成。为此他觉得很对不起我。

我还记得那个冬天的早晨，我从家里出来，往拉松家的方向走。天气很冷，是那种硬邦邦的冷。我感到我的脑袋冰冷而麻木。云朵使天空看上去凹凸不平，像一张皱巴巴的蓝色桌布。不时，有细小的冰碴儿掉落下来，落进我的头发里，或者打在我的脸上。

四周没有人，眼前只有光秃秃的小道。我低着头，慢慢往前走。不知为何，在那个早晨，我的心情异常低落。头脑里没有任何灵感。我觉得举步维艰。于是我找到一处长椅，坐了下来，点燃一根烟。冬天已经到来了，而我讨厌自己的这种忧郁。这是一种软弱的表现。当我闭上眼睛，我可以感到时间缓缓地流过我的身体，流过我伸出的手，流过我的前胸。是的，我可以看见时间的形状，但它们难以形容。可以肯定的是，它们也有生命，也有语言，甚至也有属于它们的组织形式。

1

宿醉还未消除，肠胃也不舒服——这当然是老毛病了。

昨晚喝了一种叫作"深海渔夫"的烈酒。据说这种酒是用一种特别的蓝色鲶鱼子与葡萄发酵而成，在第二十天的时候装入瓶中，绑上石头，沉入海底，过大约一年，取出，就可以喝了。这种酒我曾经听说过，但不知哪里去买。尽管这里是一个沿海的小镇，但这种深海酒我从未见到过。几天前，拉松大叔退休那天，把他珍藏的一瓶"深海渔夫"送给了我，当我接班的礼物。据说，这是他死去的妻子在某个结婚纪念日送他的礼物。

"我怎么能收这么贵重的东西呢？"我对老拉松说。真的，当时我有些受宠若惊。

"没问题的，"他吸了吸那只总是红彤彤的鼻头，"不用担心。"

这两句话是他的口头禅，仿佛不管遇到什么问题，都可以用这两句应付过去。不过，我觉得自己能够稍微理解他的心理。

第一章

献给 DJH

新经典文化股份有限公司
www.readinglife.com
出 品

身外之海

李唐 著

北京出版集团公司
北京十月文艺出版社

松子笑嘻嘻地站在我身后。今天,她穿了一件黑色短外衣,十指上也涂着深色指甲油,看上去有些冷酷。

"今天可是阿福第一次正式演出哦,你可不要搞砸了。"她坐到我身边,依旧是那种笑吟吟的表情,管吧台的服务生要了一杯汽水。

松子是徐福的女朋友。我们组织了一支爵士乐队,徐福负责弹钢琴,我负责萨克斯。这是工作以外的娱乐,今天是我们第一次正式演出,就在这家"犀牛之翼"酒馆。我向四周看了看——大概一半的座位上有客人。小号手李尔正在角落里调试他的设备。

"你家徐福呢?"我问道。一整天我都没有看到他的身影。那架钢琴已经摆到了舞台上,静静地沉浸在昏暗的灯光下。

"他紧张死了,"松子满不在乎地喝了一口汽水,"可能现在正躲在哪里呢,比如把自己反锁在一个黑乎乎的房间里……他这个人就是这样。"

我离开吧台,穿过一片暗紫色的灯光,来到卫生间。我推开男卫的门。没有一个人。我站在门口,接着就听到从某个隔间里传出的呕吐的声音。我走向那个隔间。

"徐福,你还好吗?"我说。

"不用管我,"从隔间里传出徐福的声音,"我没事。"然后又是一阵呕吐。

我打开门,看到徐福正趴在马桶上,气喘吁吁。

"我没事。"他说,脸上满是泪痕,"我只是太紧张了,你知道吗,什么事情我都会搞砸的,今天的演出也不会例外。"

我轻轻地拍他的后背。"不要想太多,今天我们会很成功。你只要拿出平时排练的百分之二十的水平来,就足够了,不需要更多。"

他笑了几声,但很快,他的表情又恢复成了之前的痛苦状。

"你不用安慰我,"他声音很轻,可能是刚才的呕吐让他没有了力气,"我会搞砸一切的。"

我扶着他走出卫生间。再过半个钟头,演出就要开始了。我不停地鼓励他,为他打气。说实在的,徐福是一个厉害的家伙,可能比我认识的所有人都要厉害。如果你见过他排练时的情景,一定会相信我的话。他就是这么一个人,孤僻而古怪。当他一个人的时候,完全没问题,他可以演奏出世间最完美的曲子,但只要有旁人在,他就会像一只软体动物那样缩回自己的壳里。但不能不承认,这次能说服他来"犀牛之翼"演奏,已经是他向外跨出的了不起的一步了。

演出就要开始了。李尔早已等得不耐烦。他一身整齐的灰色西装,利落的短发,消瘦的身躯,手里紧握着金色的小号——就像骑士手中的利剑。我敢保证,当他站到台上,至少有一大半的目光都会集中到他身上。

"我说,"李尔开口道,"还要耽误到什么时候?"

于是演出开始了。徐福将自己的身体尽力蜷缩在偌大的钢琴后面,头低得不能再低,仿佛随时要钻进钢琴内部似的;李尔看上去依旧是那种漫不经心的神态,站在舞台中心,像吹响战斗的号角般吹响第一声号声;而我,站在李尔身边,安静地吹奏萨克斯。我的水平在这支小乐队里是最差的,因此我必须保持低调,做其他两人的陪衬。我也乐得如此——像徐福那样私下里不吃不喝苦练技艺于我而言是不可思议的。

我们先用肯尼·多窄的曲子开场,之后又演奏了保罗·德斯蒙德、斯坦·盖茨的名曲,还有我最喜欢的约翰·科川的《星尘》……台下的观众越聚越多了。说实话,我也有些紧张,吹错了好几个音符。其他两人则渐入佳境,尤其是李尔,他的小号声回荡在逼仄的酒吧间里,我相信在所有人心头都留下了不可磨灭的印象。徐福的表现比我预想的要好得多,某些时刻,他完全放松下来了。松子站在观众的最前排,眼中闪烁着不同寻常的光彩。

我很幸福。因为我看见了音乐的颜色。音乐也是有颜色的,此时,我们的音乐是蓝色的,是像萤火虫那样的荧光,比灯光黯淡,但比灯光要柔和……

快到最后的时候,酒馆的大门突然敞开了。开门的声音很响,以至于我们的演奏不受控制地停滞了一下。与此同时,观众们的注意力也被吸引到大门那边了。

一个女人站在门口。她身材苗条,站得笔直,给人一种坚定的印象。我认出这是李尔的女朋友莉莉。她慢慢地朝舞台方向走过来。这一幕让我想起以前看过的美国西部片,那些突然而至的杀手，与死神一同降临。这时，只见她忽然从衣服里掏出了一把手枪。想象与现实的重合，使我怀疑这一切都是我的幻觉，是酒精还没有完全从我的脑袋里挥发。我闭上眼睛，使劲摇了摇头。当我再次睁开眼，莉莉已经穿过了震惊的人群，走到了最前面。她的枪口瞄准着李尔。

我们停止了演奏。李尔垂下了他举着小号的手，显得万分沮丧。

"那个女人也在这里吗？"莉莉开口道。她的声音有点娃娃音，使眼前的场景变得更加怪异。

李尔四处拈花惹草的性格已经不是什么新闻了，他与莉莉此前也爆发过几次"冷战"，大家其实见怪不怪。但现在不一样，我们的目光都紧张地聚集在那把手枪上面。

她从哪里搞到的手枪？

李尔缄默不言，竟有一种视死如归的架势。对峙在持续，按照烂俗的形容，就是"时间仿佛凝固了""人们的心都提到了嗓子眼"。这时，我忽然意识到我是一名警察，有义务阻止事态的进一步恶化。于是我稍稍往前走了半步，说："我觉得……"

我的话还没说完，莉莉就开枪了。只不过从枪口冒出来的不是子弹，而是几簇五颜六色的彩带。

人群中爆发出零星的笑声。但莉莉和李尔依然冷若冰霜。莉莉随手扔掉玩具手枪，转身穿过人群，走出了大门。

由于规定的演出时间还没到，我们必须继续演奏。但显然观众的心思已不在我们身上,都在悄悄地议论纷纷。我们胡乱地奏了两支曲子,度过了这段难熬的时间。

2

肠胃问题长久以来困扰着我,尤其到了冬天。凌晨三点,我醒来,听着外面的风声。胃很难受,因为最近喝了太多的酒。其实我并不是一个能喝酒的人,比起李尔或者拉松,我的酒量就是一个笑话。夜里,我的肠胃在报复我。我起身下床,打开手电筒,翻箱倒柜地找胃药。风透过窗户呼呼地响,仿佛整个世界就只剩下这一种声音。

没有找到胃药。我坐在床头,却怎么也睡不着了。空旷的风声在小镇的夜晚呼号,拍打着门窗,似乎随时都会闯进来。我想起最近小镇上流传的一件可怕的事。几个星期前,有人来到警局,说他在森林里发现了狼的身影。

小镇此前从未发现过狼的踪迹。这个消息使所有人都很紧张。只不过目击者并不确定,它只是在他面前一闪而过,而且他当时喝了酒。又过了几日,第二个目击者来到了警局。那是一个小男孩,他向我们透露了一个更为震惊的消息:那是一头会说话的狼。

"没错,它对我说话了。"小男孩扭捏地坐在警局的椅子上,语气很坚定,"嗯……它对我打招呼,还问我叫什么名字。"小男孩说,那天他是逃课去林子里玩的,没想到就遇上了那头会说话的狼。他没有回答自己的名字,而是立刻跑掉了。

但是对小男孩的话,我和拉松都产生了疑问。据小男孩的妈妈说,他平日里就喜欢胡思乱想,曾经也说过"那只鸟对我说话了"之类的话,因此这件事很有可能也是小男孩虚构的。

"我没有撒谎。"小男孩反驳说,"我真的听到了,它在对我说话。"

他的眼神很坚定,有一种与他年龄不相称的成熟。现在,那眼神又一次浮现在我眼前。

夜晚漫长,这些事更是让我心烦意乱。我决定留到白天再去想。我站起身,从床底下拿出一只长方形的纸箱子。打开,里面是满满一箱子的爵士乐唱片。我随便抽出一张,放进唱片机里——这是我房间里最值钱的玩意儿了。

杰瑞·穆勒根的小夜曲从唱片机里传了出来。我靠在床头,其实大部分的时间也没有在听,只是想让心情稍稍安静一些。我总是容易烦躁,心神不宁,不知道为什么,尤其是在这么一个狂风大作的夜晚,在一间漆黑的小屋里独自醒来。

我喜欢爵士乐是因为我的父亲。他对爵士乐很是痴迷,甚至可以说有些研究。小时候,他经常带我去听爵士音乐会。那时爵士乐是一个很小众的门类,因此大型的音乐会并不常见。每一次,父亲都会穿戴整齐,梳好头发才出门——平日里他也是一个很注重个人形象的人，甚至注重得有些过分。包括他的言谈举止，非常有礼貌，也可以说很有魅力，但与此相随的是一种拒人千里的客套。似乎没有人能够进入他的内心。母亲在拌嘴时经常说："你看，你连一个朋友都没有。"

是的，我的父亲，就连对我说话也总是客客气气的。我那时对他的印象很奇怪——我总觉得他是一具空壳。没错，是用彬彬有礼、一丝不苟的穿着、客套的谈吐堆积起来的空壳，真正的核心却不知去向。

我至今仍然记得父亲带我去听音乐会的场景。父亲开着车，我坐在他旁边，行驶在宽敞的大马路上。蓝天白云，空气清爽。他像是没话找话似的问我的学习情况，与其说是交流，不如说只是为了避免沉默的尴尬。到了剧院，父亲停好车，会提前把门票从口袋里拿出来，拉住我的手，朝门口走去。他将票交给门口的验票员时，会下意识地微微点下头，脸上的笑容并不明显，但显得很开朗。我们入座后，父亲便缄默不语，似乎完全沉浸在音乐中，直到演奏完毕。他转过头，微笑着对我说："我们走吧。"

每一次都是这样，像输入了某种程序，一切都按照程序来运行。

不过，在演奏的间歇我曾偷偷观察过父亲。他总是全神贯注，脸上的表情很迷醉，手指忍不住地在大腿上打着拍子。有时，他会闭上眼，口中喃喃自语，我却听不懂他在说什么。这时的父亲与平日过分追求得体的那个男人判若两人，让我觉得很有意思,好像只有在这种时刻,父亲才脱去了平日的躯壳,变成了有血有肉的人。这也是我每次都会跟着他来听音乐会的原因。那时的我对爵士乐完全不感兴趣,经常在中途睡着。

后来,父亲的生意破产了。准确地说,是被人欺骗了。那个骗我父亲的家伙,我叫他"叔叔",之前每次来我们家做客都会给我国内买不到的高档巧克力。

父亲负了债,家境从此没落。没了钱,父母之间的争吵越来越多,每一件小事都会成为争吵的导火索。父亲也渐渐有了改变,那种开朗的表情越来越少,有时甚至会爆一两句粗口——这在以前是不可想象的。不过在外人眼里,父亲依然是那个教养良好、温文尔雅的男人。

父亲没有钱再去剧院听演奏会了。但是,他很快找到了一个替代的方案——去酒吧听爵士现场演出。我曾问他为什么一定要去听现场,买几张唱片不也可以吗?而且还省钱。父亲不可思议地看着我,仿佛刚刚发现自己的儿子其实是一个傻瓜:"听爵士乐,当然要去现场啊。"

即使是去酒吧,父亲仍像以前那样,穿戴整齐才会出门,这免不了要承受母亲的嘲讽,但父亲充耳不闻,依旧我行我素。我依然和父亲一起前去,只不过,父亲卖掉了车,因此我们只能乘坐公交,而他也不会再像小时候那样握住我的手——因为我已经长大了。

酒吧的环境要比剧院嘈杂得多。而父亲,坐在酒吧的椅子上，笔直地坐着，就像依然坐在剧院里一样，在周围其他人的衬托下有种怪异的严肃。他还是会闭上眼睛，喃喃低语，手指打着拍子。我听到旁桌的几个女孩在小声议论父亲："装模作样。"我听得脸上发烧，从此再也没有陪父亲去过。爵士乐也渐渐淡出了我的生活。

后来，母亲与父亲离了婚，我也决定离开家乡。临走的前几天，我问父亲为什么每次去听爵士乐都穿得那么正式。

"可能只是出于一种习惯吧，"父亲有些羞涩地用他那种文绉绉的话说，"呃，我想，那么美妙的时间，应该认真对待才是。"

唱片转了一遍又一遍。等太阳升起照亮我的小屋时，已经不知道放到第几遍了。而我知道自己并没有用心去听。我拿下唱片，披上衣服，走出家门。

天空中不知何时飘起了雪花。地面和树木都染上了一层洁白。我是这个清晨第一个留下脚印的人，仿佛是踏入一片未知的土地。一切都像是崭新的，万物还未命名。我使劲地吸了一口冷冽的空气，思考着自己该往何处去。

太阳蒙在一片雾气中。今天应该是一个阴天。我想起了那头狼的事，决定去林子里瞧瞧。走到半路时，我忽然意识到自己忘了带枪，于是赶紧回去拿。我感觉自己四肢冰凉，心脏跳得厉害，鼻息间急促地喷出大团白色烟雾。

这个早晨真冷啊。雪粒直挺挺地打在脸上，我不得不闷头赶路。一路上，我的手不停地摩挲着保险栓。脑海里又浮现出莉莉那天拿枪的情景。只不过，她拿的是玩具手枪，而我的枪是真的。可我从未真正使用过它。

如果那头狼真的存在，并且突然从角落里蹿出来，挡在我的面前，我该怎么办呢？或者说，它埋伏在路旁，当我走过去时就发动突然袭击，我又该如何抵抗呢？想着这些事，我有点后悔自己忘了拿酒了。

远远地，我看到了守林人的木屋。守林人是一个强壮而沉默寡言的中年男人，我跟他接触不多。这个清晨，我突然产生了强烈的愿望，想要跟他说说话。

守林人的屋子比我的还要简陋，一张床，一张木桌，一把椅子，还有书架和一只水壶，除此以外就是光秃秃的四壁了。我掸掉身上的雪，坐在椅子上，他则坐在床边。一时间，我们两个男人相对无言，默默打量着对方。

"想不想喝点酒？"最后是他打破了尴尬。

那是当地一种很烈的酒，我小口呷着，不敢多喝。窗外的雪下得更大了。我们不时抬起头，望望外面，然后回过头来继续喝酒。

"你最近有发现什么异常吗？"我问道。

"没有，"他说，"我没有看到过那头狼。"

"看到了立刻向我汇报。"

他点点头,再次陷入沉默。我起身,来到书架前。里面的书几乎全是俄罗斯文学,我抽出一本帕斯捷尔纳克的诗集,随便翻了翻。

"你喜欢读书。"我随口说。

"啊……"他有点不知所措,"无聊的时候会读一读,我觉得他们写的和我的生活很像。"

听到他的话,我再次望向窗外。大雪纷飞,仿佛那里真的是一望无垠的西伯利亚平原。这时,我注意到他的桌子上放着一个奇怪的东西。那是一个透明的玻璃盒子,顶上蒙着一层黑布,里面则放着大块的冰。我走过去,仔细观察起来。

"啊,我给您看看这个!"他忽然大声说道,吓了我一跳。他变得兴奋起来,拿起那只玻璃盒子,走出门外。过了一会儿,回到屋子里。

"您看。"他把玻璃盒子捧到我面前。

我看见黑布上落满了细小的雪花。我疑惑地看着他。他把玻璃盒子小心翼翼地放回桌子上,然后拿出一只放大镜。

"里面的冰是为了让雪花不会很快融化。"他一边用放大镜观看雪花,一边说。然后他招呼我过来,"您看,多美啊。"

雪花被放大后呈现出不可思议的构造。每一个线条,每一种形状,都完美无缺地彼此镶嵌在一起,坚固而生动。我几乎入了迷。他显然很高兴。

"没事的时候我就爱看它们。"守林人说,"它们每一片都是独一无二的,对我来说……它们是一种奇迹,没有人能够制造出这样多的形状。"

那一刻,狼的阴影从我的心中驱散了。我看着守林人冻得通红的脸,那张脸上的微笑还未散去。

我走出木屋的时候,雪势稍稍地止住了。我走在嘎吱作响的雪地里,想着这里会有多少片雪花,多少美丽的形状。

3

无所事事的时候,我喜欢去小镇西边的药店消磨时间。药店离我住的地方很远,走路需要将近两个小时。天气好的时候,我慢慢地朝药店的方向走,每次走到一片低矮的灌木林时我会休息几分钟,然后继续走。其间有一段凹凸不平的石子路,那里有一个小小的树荫公园,总是会看到几只野猫,有时蜷缩着身体晒太阳,有时漫无目的地走来走去。这里没有人会伤害它们,因此它们胆子很大,见到人也从不避让。我拿出事先准备好的香肠,放到它们面前。

但是后来发生了一件令人难过的事。其中一只灰色的野猫由于过于肥胖,最后死掉了。确实,它壮得像一头羊,拖着沉重的肚皮,走几步就要停下来休息。它的眼睛很少睁开,从远处看,就像一团蠕动的水獭。

没有人在意这件事,相反,我们觉得它的样子十分可爱,每个走过它身旁的人都忍不住跟它打招呼,即使它很少做出回应。它死的那一天,和往常一样趴在树荫里,像是睡着了。直到阿栗为它洗澡时才发现了这个悲剧——阿栗总是定期为那些流浪猫洗澡,为它们接种疫苗。她喜欢它们。

猫死于肥胖引起的呼吸衰竭。

猫的葬礼是阿栗主持的。一个阳光明媚的上午,小镇上的一些居民,包括我,聚集在它生前最喜欢待的树下。我挖好了土,将铁锹杵在地上休息片刻。抬起头,纯净的阳光从树叶间透出来,闪烁着,晃了我的眼。真是一个好天气啊,在某个瞬间,我几乎忘了自己身处何地,更忘了是来做什么的。

如果我没有记错,那时应该是初春时节。

接着,阿栗抱着猫的尸体,轻轻地将它放入土坑中。"听说猫有九条命,"阿栗轻柔地在它的耳边说,"下一次,可不要吃那么多啦。"然后她看向我,微微朝我点了点头。像她的名字一样,阿栗的瞳孔也是好看的栗色。

我将土倒在猫的身上。不多时,树下就出现了一个小小的猫的坟墓。小镇居民默默地站在那里,在静默中向我们的老朋友告别。我注意到,其他猫远远地躲在树后,不时朝这里张望。这些小家伙,它们似乎吓坏了。

这件事之后,我们商量不能再随便喂野猫食物。并且,我们开启了野猫的健身计划。小镇上的野猫由于生活太过安逸,几乎丧失了野性，同时懒得运动。小镇上的人不会去领养它们，这是一个传统，因为我们都知道猫是有灵性的动物，它们天生热爱自由。

我们请拉松给野猫们制作了跑步器——木笼里放了跑轮，每天都要跑一个小时。起先，跑步器似乎让野猫们感到很耻辱，它们拒不配合，待在里面一动不动。最后还是阿栗，用尽了各种办法，才让它们接受了减肥计划。

阿栗，是我见过的最善良的姑娘。

药店白色的轮廓已经出现在不远处。我有些累了。前几日的积雪使道路湿滑难走，终于来到药店时，我竟已满头大汗。我坐在外面的一把长椅上休息。早知道，我应该骑自行车来的。连日来的宿醉和胃病使我的身体有些虚弱。

我凝视着药店的大门和窗户。时间在我的身边缓缓流淌。

有时，我希望时间能暂时停止一会儿，一小会儿就足够。我想在静止的时间里注视这家美丽的药店，注视药店里那个美丽的身影，以及我的生活。我想要注视这一切，如果允许，我想要注视得更长久一些。

有时，我就是喜欢这样胡思乱想。

一阵风吹来，额头上的汗水瞬间变得冰凉。我不应该忘记这是冬天。我站起身，走进药店。一股浓郁的药材的味道立刻向我涌来，包围住了我。我喜欢这种味道，也习惯这样的味道。小时候，我的身体总是不大好，母亲经常为我买来各种各样的药，调理我的身体，因此我的房间里总是弥漫着药物混合的味道。小朋友们不喜欢我身上的这种味道，尽量躲开我。我的童年是在自己的小屋里和药物一起度过的。

"早上好。"

阿栗站在陈列着药品的玻璃柜台后面，向我打招呼。她穿着洁净的白大褂，坐在凳子上，面前摊开着一本书。我走过去，发现那是一本介绍鸟类的动物图册。

"今天天气很好啊。"我说。

"是啊，"阿栗看向窗外，"下完雪以后空气是最干净的，对人的身体很好。"

我看着橱窗里五花八门的药物。世间竟然有这么多的疾病，它们以药物——这种相反的形式呈现在药店里。真是不可思议。

"我想要几包花粉冲剂。"我说。

阿栗犹豫了一下。"花粉冲剂喝多了对人体并不好，"她笑了笑，"容易让人过度亢奋。不过只是几包的话应该问题不大。"

她转过身，从身后的柜子里拿出了几包装在小袋子里的花粉冲剂，放到柜台上。

花粉冲剂本来是用于预防花粉过敏的药物，但是我发现它对于醒酒有着特别的作用，而且还有提神的功效。除此之外，它的味道很好喝，像某种茶，刚入口有一些苦涩，但很快香气会扩散到口腔，大脑里的混沌一扫而光。我对这种冲剂几乎快要上瘾了。

药店里很安静。时间在这里会流动得很慢，以至于使我产生一种时间停止的错觉。窗外的阳光照在玻璃橱窗上，反射着洁净的光。没事的时候，阿栗会反复擦拭玻璃还有地面，这似乎是她的娱乐。

我吸了一口混合着药物清香的空气。

"慕医生今天没来？"我看着旁边那把空椅子，问道。

"他去查资料了，应该一会儿回来。"阿栗说。

我每次来药店，几乎都能看到慕医生坐在那把椅子上，低头看书。他看的都是一些医学方面的书。这是一个比我年龄大一些（起码看上去）、瘦瘦高高的文静男人，不苟言笑，也不爱说话。

"中午我想请你到海鸥餐厅吃饭。"我说。

阿栗合上图册，考虑了片刻。"不行啊，"她说，"我不知道慕医生什么时候回来，药店里不能没人。"

"那好吧，等下次……"我低声说。

"嗯，下回再去。"

我告别阿栗，走出了药店。

海鸥餐厅，是我几乎每天都要去的地方。它面朝大海，因吃饭时会有海鸥过来争食而得名，原先的名字就被人遗忘了。不过有一个说法是，这家餐厅原本就没有名字。老板当初开这家餐厅时，万事俱备，只有名字怎么也想不好，令他很是苦恼。经过了几个不眠之夜，老板干脆就叫它"餐厅"，不再起别的名字了。

如今，老板已是一个白发苍苍的胖老头。别人问起这个传说，老板笑而不答。"我喜欢海鸥。"他总是这样说。

海鸥餐厅的啤酒是无限量供应的，这让它成了最受欢迎的地方；但与此同时，饭菜的质量实在令人担忧。饭菜的水平受厨师当天心情的影响，差别巨大，同一道菜往往味道如天壤之别。每一次点餐，我们都怀着忐忑的心情，因为不知道吃到嘴里的会是什么东西。所幸，这里的啤酒一直都是不错的，我们这样安慰自己。

松子是这里的服务生，不过她可不太尽职，经常溜出去抽烟，桌子也没人收拾。对于看不惯的客人，松子连个正眼也不会给，当客人表示不满时，她就会满不在乎地说："怎么，想打架吗？"

这里没人敢惹松子，她之前练过跆拳道。至于说她为何看上了徐福，已经成为小镇的未解之谜。

我、李尔和他的女朋友莉莉同坐一桌。海水的咸味一直飘散到这里。我正在焦虑地等待着我点的那份凤梨炒饭。我跟李尔打了个赌，赌那个变化莫测的厨师会不会把凤梨做出过期榴莲的味道。

李尔和莉莉一边喝啤酒一边打牌。他们不时含情脉脉地凝视着对方,之前在酒馆发生的事早已烟消云散。

"你有红桃2吗?"莉莉问。

"不能告诉你。"李尔露出一抹坏笑。

"告诉我一下嘛,你到底有没有红桃2?"莉莉哀求道。

"告诉你我还怎么玩?"

他们为诸如此类的事争执不下,但在外人看来,分明有一种调情的氛围。不得不承认,莉莉很漂亮,那种慵懒与精致,将李尔迷得神魂颠倒。

松子走了过来,将凤梨炒饭放到我面前。李尔和莉莉停止了争吵,一齐看向我。我紧张地拿起勺子(我的手在发抖),吃了一小口。

"怎么样?"李尔问。

我大大地松了一口气。看来厨师今天心情不错。

"对了。"洗牌时,莉莉忽然问,"那个离家出走的女孩找到了吗?"

"哪个离家出走的女孩?"听到她的话,我愣住了。

"是一个叫赵柚的女孩,昨天又离家出走了,现在还没回来,你竟然不知道?"李尔故作惊讶地说。不过,他显然并不真的关心这件事。他吹了几声口哨,百无聊赖地驱赶徘徊在头顶的海鸥。

我将勺子放回桌上。我知道那个叫赵柚的女孩,此前我见过她几次,那回猫的葬礼她也在现场,但我对她已经没什么印象了。

"没人报案。"我说。

"可能她的父亲还在睡大觉吧。"莉莉懒洋洋地说。

我站起身,把钱放到桌子上,离开了餐桌。

第二章

1

女孩的父亲住在半山腰一栋白色的小房子里。当我来到这里时，看见山坡与房子的角度形成了一种不大令人舒服的压迫感，就好像山体随时会倾倒在房顶上。当然，这也有可能是我事后产生的印象，它正如同我走进房子后感受到的一样。

房子里是浓浓的酒味，还有通风不畅的空气的滞涩感。光线很暗，酒瓶、脏衣服和垃圾遍地，总之一切都很糟糕。在这混乱的中心，躺着一个臃肿的中年男人。他将自己裹在分不清颜色的棉被里，双眼紧闭，似乎正忍受着痛苦，但其实他只是睡着了。

我到这里是午后时分，中间迷了路，浪费了不少时间。我将自行车停在房子门前，敲了几下门。我等了一会儿，没有任何回应。于是我加大了敲门的力度，依然没有人。这时我发现门并未上锁。轻轻一推，门就开了。

女孩的父亲就如我刚才描述的那样,蜷缩在一堆垃圾中,正在睡觉。我走过去摇晃了他几下,没有反应。我使劲拍了拍他的脸,然而他就像死过去一样,依然沉浸在梦乡。最后,我接了一杯水,倒在他的脸上,他才慢悠悠地醒了过来。

他睁开蒙眬的睡眼,茫然地看着我,似乎是在问:"我是在哪里?"

"你是赵柚的父亲?"我问。

看起来他并不愿意回答这个问题,他把棉被往上拉了拉,蒙住了头。我把被子从他的脸上掀开。"你是赵柚的父亲?"我重复道。

这次他才不情愿似的点了点头。

"你女儿现在在哪儿?"

他坐起身,茫然地环顾了一下四周。

"我不知道。"他说,"我已经很久没看到她了。"

"有人说她离家出走了,你不知道?"

他摇了摇头,接着在身边寻找起什么来。他从床下抽出一瓶还未打开的啤酒,用牙齿磕掉盖子,准备往自己的喉咙里灌。我一把将酒瓶从他的嘴里抢了过来。洒出来的酒将他的胸口淋湿了。我的举动激怒了他,从他的眼中我看到了怒火。

"把酒瓶还我。"

"你要好好回答我的问题。"

"你究竟是谁?"他气呼呼地问。

我告诉了他。他眯起眼睛,仔仔细细地观察我。"我知道你,"他说,"你是接替拉松的那个人。你应该去抓坏人,干吗待在我这里?"

"有人告诉我,你女儿离家出走了。"我尽量平和地对他说。

"家?"他不可置信地盯着我,"比起这里,林子倒更像她的家。回归自然,对,阳光啊,清泉啊,无穷无尽的……"他胡言乱语了一大通令人费解的话。我感觉自己的耐心正在慢慢流逝。

"你是说她在林子里?"

"什么?"他忽然又恢复了刚才迷茫的神情,"什么林子?"

我决定离开,让他自生自灭。走到门口,我听到他在我身后大喊:"滚吧!不要踏入我家里一步,我才不管你是谁……"

我骑车离开了这栋令人压抑的房子。路上,我努力回忆赵柚的样子,可我对她的印象真的很模糊。我只记得,偶尔我会看到她给野猫喂食。有一次,我走上前跟她打招呼,她抬起头,疑惑地看了看我,然后一声不吭地走开了。那是我们唯一的一次接触。

说实话,我很担心女孩的安全。流言里那头会说话的狼,即使我没有亲眼看到它,但它的阴影在我心中挥之不去。它是未知的东西,正是未知的事物才真正的可怕。我讨厌未知的事物,正是由于这个原因,我才来到这里,来到这个安宁的小镇,想要让自己完全地平静下来,像一面不受人打扰的湖。而在那之前,每天夜里,我都为明天的事害怕得睡不着觉。是的,当明天的太阳升起,你不知道会遇到什么,它们可能是好的,也有可能是你最不愿碰到的。我曾努力工作,想要借助工作忘掉对未来的恐惧,但最终还是失败了。未知的明天一直在困扰着我。

我骑着自行车,来到森林的边缘。我的职责要求我进去一探究竟,使女孩远离危险。但我知道自己并不敢真的迈入森林,那里面有太多的未知。自从我来到这个小镇,我还从未去过森林里,那里面有让我恐惧、让我回想起往昔的东西。

我站在入口处,踌躇着,像一个盲人站在十字路口。不知犹豫了多久,最终我还是转身离开了。我发疯了一样,骑得飞快。自行车的轮子撞到了一块石头上,连人带车,我摔出去几米远,右腿膝盖重重地砸在了坚硬的地面上。我只好扶着车,一瘸一拐地往家里走。

路过拉松家的时候,我停了下来。拉松正好从窗子里看到了我,他探出头来,让我进去坐坐。

"你的腿怎么了?"一进门,拉松就发现了异常。

"骑车不小心摔了一下。"我说,"没有大碍。"

他让我坐在椅子上,打开了一瓶啤酒,递给我。我的喉咙发干,连着喝了几大口。

"出什么事了?"过了一会儿,拉松敏锐地说。

我放下酒瓶。"什么事也没有,"我说,"能有什么事呢?"

"你我共事这么久,有些事你瞒不住我的。"拉松露出狡黠的笑容。

"这是什么?"我注意到地板上堆放着许多机械零件,"你又要搞什么发明?"

拉松在机械制作方面有天赋,这一点小镇上的人都知道。他曾经制造了很多稀奇古怪的东西,比如可以靠风力飞翔半个小时的机械鸟,还有全自动切菜机。但是自从切菜机不小心切掉了一位镇民的小拇指后,他的发明就不太愿意公之于众了。

"瞎搞。"他往那堆零件上面扫了一眼,漫不经心地说。

拉松家的啤酒总是很好喝,他对酒类的研究不比机械差。我的心终于渐渐平静下来。拉松困惑地看着我。我知道,只要我完全平静下来,拉松就无法判定我有任何异常。

"对了,"在闲聊的间隙,我试探地问,"你以前有没有去过森林?"

"当然,"拉松点点头,他已经微微有些醉了,"过去经常去。那里,那里还有我的发明呢……"想到这个,他莫名地笑了起来。

"发明?"

"是的,我找找……"他戴上老花镜,弯下腰打开抽屉,翻箱倒柜地找起了什么。"找到了!"在厚厚一沓稿纸中他抽出了一张,放到我面前。那是一张机械草图,我完全看不懂。

"就是一种照明装置,它的原理是……"他试图为我解释清楚。

这时,我又想到了那个女孩,一丝痛苦像一根针横亘在我嗓子里。

"我先走了。"我艰难地告别。

"你肯定遇到了难办的事。"拉松说。

我没有回答,来到外面。自行车和我身上满是泥泞。我朝拉松挥了挥手,推着车往自己家的方向走。我憎恶自己的心思被别人探查到,即使是拉松——我在这个小镇最亲的人,我也依然心有芥蒂。我不喜欢别人告诉我任何道理。我喜欢独自解决问题,如果解决不了,我也希望独自领受它所带来的后果。

冬天的夜晚总是来临得很快。我吃了两片胃药,躺在床上,却怎么也睡不着。这种情形实在是重复了太多次,连我自己都厌倦了。如果我统计过我失眠的次数,估计结果会很吓人。但遗憾的是,那些由于失眠而多余出来的时间,并没有给我的生活带来多大改变,它们与睡眠一样,都被浪费掉了。

出于某些原因,我憎恶睡眠,或者说,我有点害怕睡觉。至于是什么原因,我现在还不大想说。总之,我现在躺在床上,周围黑黝黝的,仿佛正躺在世界末日之后的一间小木屋里,等待着什么超出我理解的事。有时我会想,就在此时此刻,会有多少人睡不着觉?会有多少人在黑暗中睁大了眼睛,为某些事感到悔恨?

窗外是不断呼号的风。在天鹅绒小镇,只要一到冬天,夜里就会刮风,而当太阳升起来,风也就非常听话地停止了。据说,在很多年以前,有个醉汉曾在夜里看到风吹起了片片雪花,但那个人觉得自己疯了,因为那是夏天。他走出门,使劲揉了揉眼睛,发现雪花依旧大片大片地从天空飘落。他的衣服上也落满了。可是他很快就发现,"雪花"并没有融化。他小心翼翼地从身上拾起一枚,仔细查看,这才发现根本不是什么"雪花",而是某种动物洁白的绒毛。风将绒毛吹得翩翩起舞,很是赏心悦目。那个人仰起头,朝夜空中看,奇怪的是,根本没有鸟类飞过,而绒毛却源源不断地飘落下来。

"这一定是天鹅的绒毛。"那个人自言自语道。

第二天一早,其他人也看到了落满一地的白色绒毛。他们也都同意那个醉汉的说法。"这一定是天鹅的绒毛。"

就这样,自那个神奇的夜晚之后,小镇就由原来的名字改称为"天鹅绒小镇"。

这就是小镇名字的由来。

可我并不关心。

我下了床,披上衣服,走到窗户前。夜色浓重,就算是风也吹不开这紧密的黑夜。我朝窗外望去,除了黑夜什么也没有,更不要提从天空飘落的绒毛了。我倒了半杯"深海渔夫",一口气喝下去。我回到床上,等着酒劲发作。

我真的很快就睡着了,并且做了一个梦。我好像行走在一个树林里,光线很暗,我分不清是白天还是夜里。我走了很久,越过一棵又一棵枯死的树木,它们横七竖八地纠缠在一起,但我走得很顺畅,没有绊倒。紧接着,我看到了那个离家出走的女孩,她躺在草坪上,身下还铺着一块红色的毛巾。走近了,我才看到那根本不是什么毛巾,而是血液,正从她脖颈的伤口汩汩流出。她仰面躺着,双眼紧闭,脸色苍白。

我抬起头,一个矫捷的身影在不远处倏忽而逝。那是一头狼,它的双眼在黑暗中发出骇人的光芒……

醒来时我的后背上全是冷汗,衣服黏在皮肤上,很难受。我下床,冲了一杯花粉冲剂,一饮而尽。稍微感觉舒服些后,我穿上警服和大衣,带上手电筒、手枪和一小瓶烈酒。噩梦里的画面一次次在我脑中闪现。我深呼一口气,推开门走进夜色中。

这是我第一次真正意义上进入森林。在此之前,我只跟着拉松在林子周边巡查过一段时间,当时谣传有一伙盗伐者偷偷潜入了林子,后来证明他们并没有来到天鹅绒小镇,而是在别的镇子被抓获了。我对森林总是有一种莫名的恐惧,迈入林中,就进入了一个听天由命的偶然世界,这是我无法想象的。所以,每次我都以各种借口推托,不去林子里巡逻。

而这次,我走得很匆忙。梦中可怕的场景一刻不停地催促着我,去寻找那个叫赵柚的离家出走的女孩。我想象着她被狼袭击，或是在黑暗中迷失了方向，或是误食了林中有毒的植物，倒在泥潭里奄奄一息；大风中，她瑟瑟发抖躲在角落里，体温急速降低，身边却没有任何能够取暖的东西……这些想象比梦境还要可怕一万倍。

我膝盖上的伤还没有好。我想也没想，跌跌撞撞地闯入了森林之中。

直到进入林子，我才意识到自己身处何地。四周是黑压压的粗壮的树木，由于是冬天，它们的叶子几乎掉光了，露出了干枯的、奇形怪状的枝杈，伸展到四面八方。我打开手电筒，谨慎地行走在林中小路上。手电光所照之处，像一个个远古时期的遗迹，散发着不祥与恐惧的味道。空气里满是枯叶的涩味。而我脚下，经常传出枯枝被踩断的声响，仿佛踩断了某只早已死去的动物的肋骨。

我喉咙发干，浑身虚弱。晚上我忘记了吃饭，此时肠胃也开始与我作对。我不得不走一会儿就停下来休息一下，再继续往前走。耳边总是传来诡异的响声。

不知走了多久，我已精疲力尽。茫茫森林，我怎么才能找到一个出走的小女孩呢？何况，她真的在这里吗？我对她的所有线索仅仅来自那混账酒鬼父亲，可他的话可信吗？他会不会是在捉弄我？这一连串的怀疑几乎快要将我击倒了，我有些后悔选择晚上来到这里。

我坐到一棵树下，喝光了带在身上的酒。我要不要回去？

还是继续朝森林深处进发?如果我回去了,万一女孩真的出了事,算不算我失责?一只鸟突然在我头顶怪叫了两声,我看不见它的位置。我想,如果它的叫声超过五次,我就回去——至于为什么是五次,这只能说是一种心理作用。

在树下,我等待着鸟叫。可它却静默了,好似知晓了我的心思。也有可能它早已不易察觉地飞走了。风吹过树林时会发出巨浪般的瘆人的声音,掩盖了一切,令人不禁想到台风、暗礁、失事的轮船……

这时,我隐隐约约看到远方有亮光。是错觉吗?我扔掉酒瓶,朝亮光的方向走去。亮光固定在一棵树上。我走到那棵发亮的大树下,确信自己找对了地方。

一个女孩正躺在一张吊床上,吊床的两端分别绑在坚固的树杈上。她正在专心致志地读一本书,亮光是从一盏固定在她头顶的灯泡发出的。

电是从哪儿来的?

她读得很认真,没有觉察我的到来。

"喂!"我仰头喊了一声。

女孩放下书本,微微从吊床上侧下身,看到了我。

"你是谁?"她显得很惊讶,"你怎么会来这里?"

我在树下大声地介绍了我的身份。女孩沉默了很久,说:"你为什么来找我?"

"是你父亲叫我来的。"我说。

我听到了几声冷漠的干笑。"那个老家伙才不会让你来找我。"她忽然腾身而起,抱住粗大的树干,从树上慢慢滑了下来。这一连串的动作显示出她很熟练。

她手里拿着那个灯泡,朝我的脸举了过来。

我用手挡住刺眼的光。

"它是怎么发光的?"我问。

"我见过你。"她说,"在那次葬礼上……"

我知道她说的是猫的葬礼。"你当然见过我。"我说。直到这时,我才真正看清楚了她的脸。那是一张苍白、小巧的脸,最多不过十五岁。她的眼睛显得很大,留着小男孩似的短发。她的表情可以说是极其冷漠的,用那双警觉的大眼睛毫不顾忌地直盯着我。

我感到有些不自在。

"你在读什么?"

"诗。"她干脆利落地说。

这个回答大大出乎我的意料。

"你走吧,"她说,"我要上去了。"说着,她转过身。我这才看到原来从树干上垂挂下来一道软梯。女孩已经爬上了软梯的第一节。她的腿脚细细长长,脊背有着未发育完全的少女特有的瘦削。

"等一下。"我喊住她,"你为什么要跑到这里读书?"

"安静。"她给了我简短有力的回答,向上爬去。

我只好再次仰着头跟她说话。

"可是这样很滑稽,你不觉得吗?"

她没有回答我。风呼呼地在我们之间游荡着。

"你应该回家去。"我又说,"这里很危险,你不知道最近关于会说话的狼的传闻吗?"

一阵长久的静默。风猛然间吹得更厉害了。这注定是一个漫长的夜晚。我又困又冷,紧了紧大衣的领子,坐在树下,听着时强时弱的风声。我以为自己不会睡着,事实上,我很快就进入了睡梦中。

当我再次醒来,天色已大亮。我是在哪里?一时间我有点恍惚,过了一会儿才清醒过来。我连忙向树上望去。女孩已不见了踪影,留给我的只有空空的吊床。那截安静地垂挂下来的梯子,正不易察觉地微微摆动着。

而我的身上,不知何时盖了一条毛毯。

2

如果要问我冬天最喜欢的地方,我会毫不犹豫地指出码头的种种有趣之处。冬季的早晨,我喜欢去海边遛弯。沿着长长的海岸线,太阳呈现出一种灰蒙蒙的色调,但仍然能够让人感觉到温暖。如果是夏天,海面有时会显得暴躁,而现在,它是宁静的，远处的海鸟在铅灰色的云层里若隐若现，啄食着变得硬邦邦的云朵。

海面也是铅灰色的，不停地涌动着，每一朵浪花似乎都很沉重。我坐在一块礁石上，拿出罐头和酒，作为我的早餐。海水使它们变得有些腥咸。

吃完早餐，我沿着海岸线继续走。我看到有人在海里游泳，露出一个小小的头，很快被海水淹没，几秒钟后，又浮了出来。我将吃剩的罐头放在一块石头上，立刻就有海鸥过来争食。它们的嗅觉总是很灵敏。

我来到了码头。

码头上没几个人，一个船工正在自己的船里打盹，他并不老，但看起来很疲惫。我记起一个老船工曾对我说，如果一个人真的喜欢海，就不要去当水手，因为真正的大海会摧毁掉你所有的浪漫幻想。他说这些话时已经喝得半醉，最后我帮他付了钱。后来我没有再见过他。

在码头，你可以看到形形色色的人，他们为了各种不同的目的来到天鹅绒小镇，短暂地融汇于此。我喜欢看这些行色匆匆的人，他们往往不会注意到我，而我可以尽情地打量他们。毫无疑问，对于他们的生活而言我是一个纯粹的局外人，但在某一个瞬间，我曾出现在他们的生活中，即使很快就会被忘记。这个想法莫名地使我感到兴奋。我有时会故意走上前搭讪，问他们时间，或是假装认错了人，然后立刻离开。突然出现在陌生人的生活中，又突然抽身——我喜欢做这样的游戏，乐此不疲。

此刻，那艘摆渡船正缓缓地驶向码头。

在离码头还有一段距离时，我就认出了陈眠。他站在船头，也看到了我，对着我挥了挥手。船很快就驶进了码头，那个打盹的船工醒了过来，过去接缆绳。

陈眠轻快地跳下跳板，快步朝我走来，并且伸出了手。我和他握了握手。他穿着一件有点夸张的厚厚的皮大衣，上面全是锃亮的黑色绒毛，同时戴着一顶配套的皮帽，像是刚刚从某个冰天雪地的地方赶来。

"哥们儿，有没有想念我？"他热情地拍了两下我的肩膀，脸上尽是喜悦的表情。我喜欢陈眠这个人，他的身上总是有一种罕见的活力，而这种活力又有一种梦幻的气质。

"你最近怎么样？"

"冬天不好过，"他撇撇嘴，"这种季节最应该做的就是睡大觉，我一直不明白，为什么动物可以冬眠，而人却不行！"

我们心情愉悦地聊着天。船工帮把行李抬了过来。两个鼓鼓囊囊的半人多高的箱子。他打开其中一只箱子，从里面拿出了另一个小一点的箱子。

"看看里面是什么？"他急不可耐地对我说。

我打开了箱子。是一台崭新的老式打字机。"太棒了！"我忍不住赞叹道。他满意地敲了两下打字机的键盘。"好不容易才搞来的，"他说，"现代人已经不用这玩意儿了，但它们的价格却翻了几百倍,成了收藏品!而且你想要找到货真价实的也很难,必须得是识货的人才行。"

"不知道该怎么感谢你。"我衷心地说。

"我就知道你会喜欢。"他眨了眨眼睛。

"我该怎么报答你?"

他交叉双臂,陷入了沉思。但以我对他的了解,其实他早就想好了自己想得到的东西。果然,没多一会儿,他凑近我,在我耳边说:"我想要查理·帕克的纪念版《地下世界》。"

"狮子大开口。"我说。

"怎么了嘛,难道一台打字机还抵不上一张唱片吗?"他委屈地说。

"那张唱片我只有一张。"

"所以我才想要。"他直言不讳地说道,反而搞得我一时间不知所措。他笑了,搂住我的肩膀,"我们是兄弟,打字机你可以先拿回去试用,想好了再告诉我。"

"谢谢你。"我说。

"对了,"他松开我的肩膀,停顿了片刻,"有个坏消息要告诉你。"

"什么?"其实我已经猜到了。

"你的那部诗集又被退稿了。"他说,"没办法,现在诗集不好卖。"

我点点头,表示这不是他的责任。

"这是第几次退稿了?"

我在心里数了数,"第十一次,要么就是第十二次……"

"节哀。"他拍了拍我的后背。

"我准备第十五次的时候就放弃了。"我看着平静的海面说道。

"为什么是十五次?"

"个人习惯。"

他的箱子很重,我们一人提一个,走了没多会儿就气喘吁吁了。我们来到一家小超市,想租两辆手推车。"都租出去了,"超市老板说,"但我们还有几辆婴儿车可以代替。"于是我们将箱子放到婴儿车上,离开了超市,向旅店的方向走去。

"你的箱子里都是什么?"

"都是新书的种子,"他说,"其中有一包是送给你的,准保你喜欢。"

陈眠的真正职业是书贩,每次他来小镇度假之前,我们都会托他带一些最新的书来,因为小镇的书多少是有些滞后的。"放心,"他每次都这样答复我们,"我一定带最优质的种子来。"

"我要请你喝一杯。"我说。

"不必了,"他干脆地说,"你好好想想唱片的事。"

我送他到了旅店门口。我们商量好改天喝酒,然后在门口告别。此时阳光比刚才稍强了一些。我推着两辆婴儿车,走在阳光普照的街道上。其中一辆是空的,另一辆装着那台打字机。我不时停下来,忍不住摸摸它外面的箱子,仿佛它真的是我刚出世的宝贝孩子。

"这是几本动物杂志的种子。"我把陈眠送我的一小包种子放到柜台上。空气里飘着那种好闻的药材味。

"真是太感谢了。"阿栗接过种子,看了看,"这一定是几本不错的杂志。"

"是的,都是好种子。我相信它们一定长得很快。"

"谢谢你。"

这是一个阳光灿烂的午后。即使到了冬天,仍然会有这种让人恍惚进入春天的好天气。中午,我在海鸥餐厅简单吃了饭。我没有睡午觉的习惯,但午饭后总是感觉困倦。我去旅馆找陈眠,却发现他并不在房间里。他总是很忙。

然后我骑自行车来到药店。路上我看见了那些野猫,它们四仰八叉躺在路旁晒太阳,对一切事物都漠不关心。而那座小小的坟墓置身于树荫中,在这样的天气里,它也会感到舒服吗?

现在,我站在阿栗面前。

慕医生坐在柜台另一侧的椅子上,专心地看一本大部头的医学书,头也不抬。阳光从窗子照进来,照在阿栗身上。她正一边跟我说话,一边用抹布擦拭柜台上的灰尘。我低下头,看到阿栗的面庞映照在柜台玻璃上。

药房里总是暖洋洋的,有一种时间静止的错觉。不知为何,这使我感到些许紧张。为了缓解这种紧张，我故意伸了伸懒腰。

"晚上有空吗？"我说得有些磕磕绊绊，"那个，我想请你到海鸥餐厅吃饭。"

"真是抱歉，我今天带了水果当晚饭。"她显得很愧疚，连着对我说了好几句"对不起"，而我也在对她说"真是不好意思"。如果现在有人走进来看到这一幕，一定觉得很奇怪。

"那就改天。"

我走出药店，骑上车，开始漫无目的地四处闲逛。天很快就黑了，我把车停在"犀牛之翼"外面，径直走了进去。

这注定是一个毫无灵感的夜晚。我要了一杯"宇宙拿铁"，慢吞吞地喝着。"宇宙拿铁"用玻璃杯子盛满。象牙白外加一点黄颜色——据说这就是微缩宇宙的颜色。如果宇宙真是这个鬼样子，那实在很令人失望……

可我为什么要关心这个？

李尔姗姗来迟，这次是他一个人来的，没有带上莉莉。

"她说今天不舒服，不想出门。"

"哦。"

他看了我一眼，向酒保要了一杯烟啤。当厚厚的烟雾从他的酒杯中升起，我几乎已经看不到他的脸。我很饿，但我什么都不想吃。我有点烦躁。

"曲子准备得怎么样了？"我问。

"没问题，放心好了。"

"没问题是什么意思?"

他大口吞咽着烟啤。那不是我看到的,而是我听见的。李尔的脸全都埋到了烟雾中。"我敢说这家酒吧的烟啤是最好喝的,烟味十足!"他愉快地说。

"因为小镇只有这一家酒馆。"

"别太刻薄了。"

我无意攻击"犀牛之翼",相反,我们都对它心存感激。作为小镇唯一的一家酒馆,如果没有它,我们的日子会变得更加无聊。酒馆的老板我们很少见到,他不是当地人,据说一度拥有庞大的买卖,后来由于种种原因(他不愿多透露),他带着最后一点资产,来到了这个小镇,开办了"犀牛之翼"。老板以前当过兵,所以我们喜欢管他叫"长官"。

今晚,"长官"也在。他已经双鬓渐白,跟服务生一起忙活着。他有一大半的时间都不在镇上,想必这次是来小镇参加"无意义节"的。

"无意义节"是小镇的传统节日,也是镇上最热闹的一次聚会。

很多年以前,几个小镇居民突发奇想,想要发明一个节日,但具体是什么样的节日,他们完全没有想法。于是他们整日聚在一起,商量应该要一个什么样的节日。他们想了很多方案,比如为野猫设一个节日,或者为松针、啤酒、码头……可是这些都没有让他们达成共识,"你们说的那些实在是没有任何意义。"其中一人说道。没想到,这句话一出口所有人都面面相觑，一下子什么都明白了。是的，他们只是想得到一个节日而已，至于说节日的意义，其实是次要的。

"那么我们就管它叫'无意义节'好了！它没有任何意义，但也可以说代表了一切，不过总体来说还是无任何意义的，它唯一的意义就是它是一个节日。"

这便成了节日的"纲领"。到了今天，它已经成为小镇最重要的节日。

上一次，我们的乐队演出还算成功（尽管出了一点插曲），所以我们受邀参加"无意义节"的演出。这对我们来说是一个重要的鼓舞。

"哥们儿，你今天的心情有点低落啊。"李尔喝完了酒，凑了过来，手搭在我的肩膀上，"乐器练得怎么样了？"

烟气还没有完全散去，我烦躁地用手扇了扇。

"你的技术进步很大，但还是缺少热情，"只要一说到音乐，李尔就会不自觉地收起他那套玩世不恭的态度，变成一副学者模样，"热情，是最重要的。"

"那么，我怎么才能充满热情呢？"我盯着他问道。

他指了指我的胸口，"热情源自内心，这是一切力量的来源。"

我付了钱，走出酒馆。我骑上车，感觉整个人摇摇晃晃的。虽然我滴酒未沾，但在那种地方待久了，就会觉得醉醺醺的。我慢慢地朝住的地方骑。天色已经很晚了，漆黑一片，星星在天空中移动。在路上，我看到一个熟悉的身影。我叫了他的名字，那个身影果然停下了。

"嗨,是你啊。"陈眠提着一盏灯笼,笑着说。我注意到他脸上有一抹尴尬的神色,这令我有些不解。

"我去旅馆找你了,可你不在。"

"实在抱歉,今天事情比较多。"他将灯笼从一只手挪到另一只手里,看上去有点疲惫,"太晚了,早点休息……呃,对了,别忘了唱片的事。好的,那就再见。"说完,他就急匆匆地走了。我有一个强烈的印象:他好像不愿意让我在这个夜晚看到他。

等到灯笼的光芒消失在夜色中,我重新往前骑。夜晚冰凉的空气使我清醒了不少。我有点后悔,不应该那么对待李尔的,他虽然有时盛气凌人,但确实是一个非常不错的人。热情,他说对了,他是我见过的对音乐最有热情的人。

回到家,我开始思考起"无意义节"的事情。我必须认真对待。找个时间,我准备去徐福家跟他碰碰面。徐福从来不去酒馆这类人多的地方,他喜欢一个人闷在家里,要么就是和松子在一起……总之,明天,我希望一切都步入正轨。

我将一张保罗·德斯蒙德与戴夫·布鲁贝克的四重奏放入唱片机,听着那舒缓的曲子睡去。

第三章

1

一大早，我去找徐福。松子睡眼惺忪地为我开了门。徐福的家建在河边，那条河一直流入森林。我走进去，坐在客厅里，仍然可以听到潺潺的水流声，并且，声音很近，好像河水就埋在脚下的地板里。

徐福家的地板上铺着一层干净的蓝色地毯，踩上去很松软。松子对我说，这是纯手工制作的地毯，里面加入了一点古树的青苔之类的东西，因此会散发出某种植物的清香。"你可以闻一闻。"她说。

我可不想趴在地上闻别人家的地毯。我说："还是算了……"

"开个玩笑而已，打发一下无聊的时光。"她笑了，同时点了一根烟。过了一会儿，她往二楼的楼梯那里望去。"怎么还不下来？"松子皱了皱眉头，然后回过头来对我说："别担心，我去看看。"

她熄灭了烟,转身走上楼去。

这栋二层小楼建在一个人迹罕至的地方,除了河流声,四周非常安静。我很喜欢徐福这个房子,是他妈妈留给他的。他跟妈妈相依为命很多年,直到她在两年前去世。之后,我们有将近半年没见到徐福的身影,谁也不知道他那些日子是怎么度过的。直到后来,松子走入了他的生活,才将他重新带回了正常的生活轨道。

等待的过程里,我偷偷蹲在地上,闻了闻。真的有一股清香。

这时,传来松子的脚步声,我连忙坐回沙发上。

"真是抱歉,"松子说,"你能去他的房间里吗?他今天感觉不太好。"

"当然没问题。"我点点头,跟在她身后上了楼。我来到门前,敲了敲徐福卧室的门。片刻后,传来他的声音:"进来吧,门没锁。"

我推门而入。屋子里漆黑一片,没开灯,窗户也被厚厚的窗帘遮住了,只有微弱的光线从缝隙里透进来。松子打开了灯。只见徐福坐在床上,穿着睡衣,头发乱糟糟的,无精打采的样子。

"今天我的感觉很不好,可能出不了屋子。"徐福苦笑道,"实在是对不住。"

"没事的,我这次来主要是跟你商量节日演出曲目的事,"我坐到床边,"还有排练的问题。"松子则关上了门,并且反锁,示意他除了我们三个以外不会再有别人。

徐福患有严重的人群恐惧症。他的病情很不稳定。最严重的时候，他必须独自一人待着，不论见到谁都会惊恐万分，甚至会因恐惧而昏厥过去。不过松子这两年一直在努力帮助他克服心理障碍，徐福的病情也缓解了许多，上次酒馆的演出就是最好的证明。

我们聊得很顺利。在内心深处，徐福非常期待有更多的人能够听到自己演奏的曲子，不过他还是显得忧心忡忡。

"不用担心，"我拍拍他的肩膀，"上次已经成功了。有了第一次就会有第二次。"

"我希望演出那天我的感觉会好一些。"

谈完后，松子想要留我吃饭，我借口有事，离开了。我曾尝过松子的手艺，我觉得比起做饭，松子还是更适合当一个酷酷的服务生。

我的胃又开始不舒服。晚上，我去海鸥餐厅吃了一碗凤梨炒饭，然后就回到家一直待到现在。我想要把打算写的那几首诗写完，它们已经在我脑子里徘徊很久了。但是当我坐到书桌前，双手放到那台崭新的打字机上时，我的胃病就犯了。

我吃了几片药。

十三次。诗集已经被退稿十三次了。我喜欢在夜里写点诗，最开始的时候没有想过投稿这类的事，可是后来我看着逐渐积累起来的厚厚的稿子，突然觉得应该让它们被更多的人看到。

不是吗？如果它们被我锁进最下面的抽屉里，落满灰尘，难道我会觉得好受吗？于是我请求陈眠帮我这个忙。他勉为其难地接受了。后来的事情就是不断地被退稿，有的出版社给我写一封退稿信，有的则不写。我把那些退稿信收集起来，折成了纸飞机，用绳子挂在一面墙上。它们变成纸飞机后看起来还挺有意思的。

"这不是你的错，"陈眠对我说，"现在没有出版社出版诗集了。"

当然，他的意思是不会出版新人的诗集。他说："我劝你写点冒险或者侦探小说，这些正是热门，我可以帮你去推荐，不管怎样比诗集容易多了。"

可是我对这两类小说一窍不通，而且也说不上有多大兴趣。我只是随口应付道："我会好好考虑的。"就把这件事抛到脑后。我继续写诗。我的抽屉里装满了稿纸，上面用钢笔或铅笔写满了歪歪扭扭的诗行。无聊的时候我会把它们拿出来，读几段，随手修改几笔。有些诗被我修改得连我自己也读不懂了。

今晚，我准备用打字机写诗了。它会改变我的运气吗？

答案很可能是不会。

我准备到第十五次退稿，就不再投稿。至于为什么是第十五次，我自己也说不好。我对"十五"这个数字有一种天生的迷信——我觉得过了这个数值，接下来的事就不再有意义了。

夜深了，连风也没有。树枝浸透在冰凉的夜色中。我坐在打字机前，心中却想着各种乱七八糟的事。我发现最初写诗时的心境不知为何已经很难再有了，那个时候，正是父母冷战发展到白热化的时期，我莫名其妙地就写起了诗。我是偷偷摸摸地写在作业本上，一下子就沉浸到了那个世界里。那个时候，家里也像现在这样静。父亲在厕所抽烟，母亲坐在沙发上看电视，他们住在同一片屋檐下，却对对方视而不见。父亲抽完烟就去房间睡觉，母亲则看电视到很晚，直到电视屏幕飘满雪花，才回房间睡觉。他们背对着对方入睡，他们的脊背看上去比夜晚还冰冷。

我摇了摇头，放弃了。我站起来，离开打字机，从盒子里找出一张唱片，听了一会儿。是汉克·莫布利的《灵魂驿站》。这个由于"既不抒情，又不前卫"而无论生前或是死后都不太受重视的音乐家，让我有些伤感。

我憎恶伤感，这是世界上最没用的东西。

直到一整张唱片放完，我也没有想好要写些什么。于是我走到窗台前，给几个花盆浇了水。早上我刚刚把几颗书的种子栽进去。其中有一本流行的航海小说已经冒了芽，按照我的估计，明天清晨应该就长好了。这种流行小说和杂志是生长得最快的，而诗集一般两到三天才会长出来，或者更晚。我遇到长得最慢的小说是《卡拉马佐夫兄弟》，整整一个月才长好。后来我把它送给了守林人。

我有点困了，但我不想睡觉，有时我会冲一包花粉冲剂，借以减少睡眠的时间。我对梦境有一种恐惧,这源于我的父亲。

生意失败后,父亲患上了一种"嗜睡症",一天中大部分的时间都在睡觉,比起现实世界,他更愿意将自己封闭在梦境中。有很多次,我以为父亲再也醒不过来了。得病后,父亲性情大变,他醒来后几乎不与别人交流,只是一个人静静地坐在床头,仿佛陷入了沉思。他不再像以前那样注重仪表,变得蓬头垢面,衣服也脏兮兮的,像一个拾荒者。我吓坏了。母亲就是这个时候离开的,去了另一个城市。父亲每天只能吃下很少的饭,喝一点果汁,很快就瘦得皮包骨头。

他会死吗?这是我每天都会想的问题。我害怕有一天,父亲真的再也不会醒来。

父亲最后住进了一家疗养院。我过一段时间就会去看望他。他清醒的时间越来越少,有时我守在床边整整一天,他都在沉睡。疗养院里没有爵士乐听,但父亲似乎并不在意,在他偶尔清醒的时间,我经常看到他对着窗户,用手轻轻地在大腿上打着拍子,嘴里也轻声哼着什么,表情很愉悦。我不禁想起了父亲带我去听音乐会的日子,那些日子如今已经变得很遥远。

医生说,父亲的病情发展到最后,会完全沉浸在梦境中,也就是说,虽然不会死去,但也不会醒来,像植物人一样。"你的父亲似乎是在故意这么做。"有一回,医生忽然对我说,"他的梦境非常强大,我们的治疗完全不起作用。如果打一个比方,就是我们想用绳子把他拉上来,而他在用小刀割绳子……"

这个比喻让我印象深刻。我承认，听到医生的话我是非常惊讶的。那是一个下午，从医院出来，看着阳光照耀下翠绿的草坪，还有高大的建筑，我有种不真实的感觉。仿佛也进入了诡异的梦境。

我不知道父亲为什么要这么做。有时，我凝视着父亲的脸，想未来的某一天，他的眼睛不再睁开，他不会再对我说话，也不会再对我露出笑容。那时，他将真的变成一具空壳，完全隐匿到梦境中……

我重新坐回打字机前，试图写点什么，以忘掉这些不太好的回忆。大约半个小时后，我仍一字未动。这时，响起了一阵敲门声，就像救赎的声音。

赵柚站在门外。她穿着浅色短上衣，看上去很单薄。她的眼睛在夜色中依然很明亮，毫无顾忌地直视着我。我发现自己竟然有点害怕这样的目光。像是在遭受审视。

"有什么事吗？"我问。

"我想借一本书。"她说。

"什么书？"

"特拉克尔的诗集。"

我想起来，陈眠给我的种子里确实有一本特拉克尔的诗集，可她是怎么知道的？不过我并没有往下追问。"是的……"我说，

"不过还没有种。"

"能不能借我种?"她说,"看完会立刻归还。"

"哦,哦,当然可以,你先进来吧。"我把她让进了屋。她很拘谨地走了两步,然后站在原地一动不动。"请坐。"我对她笑了笑。她坐到椅子上,目光被那台打字机吸引了过去。在这期间,我从抽屉里找出了特拉克尔的种子,递给了她。

"谢谢。"她低声说。一缕头发悄然滑落,挡住了她的一只眼睛。她将种子放入裤兜里,抬起眼,用另一只眼睛瞄了我一眼。看样子她是准备告辞了。

"对了,"我还是忍不住问了出来,"你怎么知道我有他的种子?"

"是莉莉姐告诉我的。"她说,眼睛并没有看我。

"莉莉?"

赵柚告诉我,她最近一段时间正在帮莉莉打扫房间,赚一些零钱。那天,陈眠来到莉莉家,向她推销一些杂志的种子,而莉莉知道赵柚喜欢看书,便让她一起挑选。就是在陈眠的采购单上,赵柚看见了我的名字。

我对这件事其实并不关心,尽管我是第一次知道赵柚正在莉莉家打工(这也解释了为什么莉莉是第一个告诉我赵柚离家出走消息的人)。同时,也是我第一次知道陈眠与莉莉原来是相识的。那么他也应该认识李尔了?可他从没有告诉过我这些。

使我感兴趣的是赵柚说话的方式——第一次听她说出这么一长段话。无论她说什么,语气中都有一种莫名的认真。那并非字斟句酌导致的刻板。仿佛是在与词语较劲,非要工工整整、一字一句地说出来才肯罢休似的。她说话的这种方式与她的年龄有些反差。

我忽然想起了什么,从衣柜里取出那条已经叠好的毛毯。

"上次谢谢了,"我说,"一直忘了还给你。"

她接过毛毯,没有说话。

"今晚还会去林子里?"

"或许。"她沉默了片刻,回答道。

"林子里有危险。"

"知道。"她点了下头,转身离开了。

我倚在门口,看着她瘦小的背影渐渐融入黑夜中。然后我躺回床上,又听了一首曲子,准备睡一会儿。可是翻来覆去怎么也睡不着。我干脆起床,打开萨克斯的盒子,拿出萨克斯练了一小会儿新曲子。一如既往的糟糕,完全找不到节奏。我将萨克斯重又放回盒子里,然后重新躺到床上。就这样折腾了大半宿,才终于睡着。

2

"有时我觉得人生真是毫无意义啊。"

"别说这样的蠢话。"

"难道不是吗?"

"确实如此。"我笑着说。

李尔哈哈大笑。我们干杯。他伸过胳膊,搂住我的肩膀。我们勾肩搭背地在"犀牛之翼"里东逛西逛,然后来到吧台前,要了几瓶啤酒,一边看着酒馆里嘈杂的人群,一边慢慢喝着。我总是喝得很慢,这让李尔略感不快,但他从不会催我。他喝酒的速度是我的三倍,不一会儿面前就堆满了啤酒瓶。这个家伙的酒量出奇的厉害。

他又喝完一瓶后,双肘倚在吧台上,点燃一根烟,眯起眼睛,似乎在注视着什么,可我知道他其实什么也没在看。

酒馆里烟气缭绕。我微微有些醉了。时间在这里会变得很紊乱。有时流逝得很缓慢,有时又突然从我身边飞逝而过。我丧失了对时间的把握与观察。这是一个神奇的时刻,我仿佛躺在一片已经死去的时间荒原里,一动也不想动,只是不停地喝酒。

我要了几杯烟啤,又点了两瓶"沙漠甜心"——这是酒馆推出的最新款,那个与我相熟的服务生一定要我尝尝。

"我已经偷喝了好几杯,"他悄悄在我耳边说,其实,即使他喊出声来,也没人会注意到,"真是让人终生难忘。"这个服务生叫阿京,每天都是醉醺醺的模样。他的年龄比我还小,但看上去却比我老得多——或许是由于他有些少白头。

我听了他的话,点了两瓶"沙漠甜心"。酒馆里今天有演出,由三个男孩组成的民谣乐队,正在清唱一首关于绵羊的歌。我听不太清楚，好像是在讲一只绵羊如何克服了困难，最终回到妈妈身边的故事。

"哦，我爱死他们了。"李尔百无聊赖地左右转动着高脚椅，"唱的是什么狗屁玩意儿？"

"不要这么刻薄，"我说，"我喜欢绵羊。"

我开始喝"沙漠甜心"。没错，这酒真的不赖。过了一会儿，我觉得不对劲。我感觉我的眼球正在往外突，挣扎着想要逃出眼眶。同时，我的身体也突然变得高大了。我依旧坐在椅子上，可我发现我的头已经快顶到天花板了。我俯视着酒馆里的一切。人们在我的眼皮底下像幼儿园里的小孩一样四处乱跑。

"喂。"我拍了拍李尔的肩膀。他回过头来，看了我一眼。

"你有没有发现什么异常？"我问。

"到处都是异常，"他说，"你指哪一个？"

"我是说，你有没有发现我有什么异常？"

他用一种奇怪的眼神看了看我。"你现在就很异常。"他说完点了一根烟，掉过头去，继续看演出了。

看样子他并没有发现异常。我站起身，想在酒馆里走一走。我的身躯过于庞大，必须时刻小心，不要撞倒"孩子们"。我弯下腰，脊背已经快贴到房顶了。这是一种很新鲜的感受。我在酒馆里漫游着，从人们的头顶掠过。人们仰头看着我。

人群中，我看到了陈眠。我慢慢走过去。身子变大了，步子也沉重起来。我叫了一声他的名字。他看到我，朝我挥了挥手。

他似乎想过来,但不知为何忽然改变了主意,扭头匆匆地走掉了。这时,李尔走了过来。

"他是谁?"

"陈眠,一个书贩。"我听到自己的声音变得轰隆隆的,像是从某个巨兽的嘴里发出来的,这使我莫名地兴奋。

"哦,我听过这个名字。"他好像想起了什么,摇了摇头。

"你不认识他?"我问。可李尔已经不在我身边了。我亢奋地在酒馆里走来走去,还撞倒了一个女服务生,她的身体像纸片一样轻飘飘的。人群纷纷避让,不敢与我这个庞然大物正面对抗。

过了一会儿,我累了,同时感到身体里的能量正在流失。我往回走。身体开始缩小。等我走回吧台时,身体已经恢复得跟平时差不多大小了。

"你刚才抽风了?"李尔问道,"像个傻子一样走来走去的,哪还有警官的样子?"

"没什么。"我的眼睛还是在往外突,它们好像具有了生命,正在努力摆脱我的桎梏。我捂住眼睛,使劲往回塞。过了一会儿,它们终于安静下来。我睁开眼,朝四边看了看。还好,一切正常。

"你看看我的眼睛,还好吧?"我仍有些担心地问李尔。

"真是不得了!"他夸张地叫起来,"你的眼睛跑哪里去了?"

我听到有人笑了起来。我朝笑声的方向看过去,是阿京。他放下手里在擦的杯子,朝我走过来。"怎么样?"他还是用那种神经兮兮的语气在我耳边说,"够劲吧?"

"我刚才……觉得自己变得很高大。"我恍惚地说。

"习惯就好。这种酒能够令人产生幻觉。"他愉悦地拍了拍我的后背,继续回去洗杯子了。

李尔喝完了他剩下的最后一点酒,将钱放到桌子上,站起身。"我要走了。"他勉强稳住自己的身体——今天他确实喝了不少。

"别忘了明天还要排练,别迟到了。"他头也不回地大声对我说道,然后摇摇晃晃地朝酒馆门口走。我也站起身,拿着还没喝完的半瓶"沙漠甜心",跟在李尔后面走了出去。我们商定好明天早晨去徐福家排练。"无意义节"已经离我们不远了,可我们还什么都没有做。

我走到外面,冷风习习。李尔已不见了踪影。他就算喝醉了,走路还是那么快。我独自朝家的方向走。半途中,我有两次差点走错了路。今天喝了太多酒,感觉很难受。我停下来,休息一会儿。四周是陌生而黝黑的树木与房屋。"绵羊……绵羊……"我发现自己竟不知不觉哼起了歌,就是刚才那个"绵羊三人组"唱的。感觉好点了,我慢慢地继续往前走。夜晚的空气有一种肃穆的凉爽。我停下脚步,抬起头,看着头顶的星空。有几颗星星正在缓缓挪动,有一刻,我以为它们会撞到一起,可它们轻巧地避开了。我望着这无比辽阔的夜空。当然,并没有天鹅的绒毛从天空飘落。什么也没有。

3

第二天一早,我提着装乐器的盒子,走在清晨的雾气中。时间还早,去徐福家之前,我到树荫公园里逛了逛。还没有出太阳,野猫也不见踪影。我在长椅上坐下,觉得屁股有点凉,肯定是沾上了昨晚的露水。今天的雾气很浓,两旁的树木影影绰绰的。

我将盒子放在地上,打开,取出乐器。这个无人的时刻,我准备先练习练习。我总是不太用功,所以水平一直提不上去。李尔和徐福之所以还带着我玩,完全是因为我们是朋友,知道彼此对音乐的热爱。但他们对我的迁就还是让我感到不快。准确地说,是对我自己的不快。他们对我越宽容,我心里就越不是滋味。

是该努力一下了。有时,我回顾自己并不算长的人生,发现连一样拿得出手的东西也找不出来。如果有人问我:"你最擅长什么?"我想我会沉默不语,或许我会告诉他,我最擅长沉默,但这一点也不好笑。这种感觉很糟糕。

至于改变人生——我连想也不敢想,但至少,我可以掌握一门乐器。这算一种改变吗?应该算,但又好像不太算。无论如何,在这个幽静的清晨,我可以感觉到我手里的乐器很舒服,它喜欢干净的清晨的雾,空气中肉眼看不到的小水珠正在温柔地包裹着它。我似乎听到它长叹了一声,并且跃跃欲试——于是我就开始了。

我随便吹了几段,它发出了好听的音色。我忽然想到我学会的第一首曲子,叫"花好月圆",是父亲教给我的。可那时我对音乐并不是很感兴趣,我之所以学它,完全是为了不让父亲失望。不知为什么,我总害怕让父亲失望。但仔细想想,父亲真的期望过什么吗?他从来没对我提出过任何要求。他好像有些害怕使自己看起来像一个父亲。当我今天回想他时,他的形象就像这弥漫眼前的雾,看不真切。

我吹起了《花好月圆》,脑子里却在想着别的事。一曲终了,我停下来,看着一个人影从雾中走出来。

"特拉克尔的诗集种出来了。"赵柚说。

我没有吭声,把乐器装进盒子里。我发现她的眼角有一块手指甲大小的瘀青。

"怎么回事?"我问。

"那个老头子又喝多了,"她指的当然是她的酒鬼父亲,"被酒瓶不小心砸了一下。"

"他经常这样吗?"

"在他高兴的时候。"她露出一丝冷笑。

我不知该走还是该留,这样的场合总是让我不知所措。我们在雾中陷入了沉默。

"今晚还会去森林?"我问。

"森林没那么可怕。"

这时，一只野猫软绵绵地叫了一声，从我们中间穿过，自己走进了跑步机的木笼里。跑轮开始嘎吱嘎吱地转动起来。随着阳光逐渐从天空倾洒下来，更多的野猫从四面八方汇集到了这里。赵柚拿出准备好的果酱与面包放在草坪上。野猫们渐渐聚拢在她身边。阳光很快驱散了雾气。我也该走了。

我摁响徐福家的门铃。

开门的正是徐福，他亲自出来接我使我有些受宠若惊。他今天的状态看上去不错，双手没有哆嗦，走路的姿势也正常，这真叫人欣慰。李尔已经坐在客厅的沙发上了，见我来了，有些不耐烦地说："怎么这么晚？"

我没有理他。松子给我们一人泡了一杯茶。真是雪中送炭，刚才我的身上落满了水汽，被风一吹，浑身上下都冻得打战。这杯茶正好将我体内的寒意驱赶出去。"茶很香吧？"松子得意地说，"这里面可是大有讲究的。"接下来，她跟我们讲了如何一大早就去打河水，因为早晨的水最干净；如何辨别出火焰的健康程度，因为不健康的火焰是无法烧出美味的开水的。

"虽然喝起来都差不多，但里面最细小的差别决定了一杯茶的成败。"松子最后总结道。

李尔早就把茶喝光了，盯着松子身上的某一处看，但我知道他其实什么也没看。他总是这样，假装对一件事很感兴趣，可心思早已不知去了什么地方。而徐福用仰慕的目光凝视着松子，眼中满含爱意。

"好了，我不打搅你们了，你们慢慢排练。"说完，松子就离开了。

"演讲结束了？"李尔终于回过神来，"那咱们开始吧？"

我们来到排练厅。徐福家的排练厅紧挨着卧室，里面空荡荡的，只有中间摆着一台大钢琴。钢琴看上去已经很旧了，据说，那是他小时候他妈妈送给他的礼物。如果真是这样，那这台钢琴可以说是老古董了。

"这台钢琴的做工很细致，妈妈跟我说过，它是纯手工的。"徐福抚摸着钢琴的琴键，陷入了对往事的陶醉中，"我从没有见过比它更好的钢琴，真的，有时我担心得整夜睡不着觉，害怕有人会偷走它……"

"等等，"李尔打断了他的话，"请告诉我，该用什么办法偷这个大家伙？况且你的卧室就在它旁边？"

"如果有人想偷，总是有办法的。"徐福不甘示弱地说。

"好了好了，"我说，"咱们今天干吗来了？"

"当然是排练。"李尔冲着我说。

"难道我没跟你说清楚？"徐福不可置信地看着我。

"我这并不是真的在问你们……"我无奈地解释道。

"行了！"李尔拍了一下钢琴的上门板，"我们已经浪费了太多时间。"

"轻点！"徐福怒气冲冲地说。

我感觉今天李尔的情绪有点不对头。排练的时候，他吹得十分卖力。那是一首迪兹·吉莱斯皮的曲子，正如它的原作者的外号——"晕眩"——那样，李尔也将这首曲子吹得昏天黑地。我满头大汗，根本无法跟上他的节奏。徐福则干脆变成了即兴演奏，不停地旁敲侧击，见缝插针，将钢琴声变成楔子，嵌入李尔不停变奏的小号中。李尔不像是在排练，更像是某种发泄，将无限多的节奏拧在一起。气流互相碰撞着，在空气中砰砰作响。

"那是什么？"徐福露出一副难以置信的模样。

只见一团火焰从李尔的小号中喷射出来，李尔扔掉了手里的小号。"好烫！"他痛苦地叫道。

"松子！"徐福急忙大声喊道。随后我听到了松子噔噔噔的上楼声。

"怎么了？"松子问道。

"这里有人需要创可贴。"徐福说，"创可贴放哪儿了？"

"不是创可贴，"李尔呻吟道，"我需要治烫伤的药。"

这时，松子看到了那只滚烫冒烟的小号。"天哪，"松子惊呼起来，"前几天才刚刚换的地板！"

"救人要紧。"我忍不住说。

"地板的事可以以后再说。"徐福点点头。

我们无精打采地坐在一楼客厅的沙发上。已经到了正午，客厅里寂静无声，我们每个人手里都拿着一杯热气腾腾的木瓜汁，默默地喝着。有时确实是这样，莫名其妙地大家都不说话，没有人主动提出话题，但也没有谁想要离开。

木瓜汁并不太好喝。我侧过头，看着阳光从窗户倾泻在客厅的地板上。那是一小片纯净的、黄橙橙的光，没有丝毫杂质。我被它迷住了。

李尔的十指都有不同程度的烫伤。他萎靡地陷进沙发里，嘴里叼着吸管，盯着某个地方一动不动。徐福一如既往地在看谱子，还用铅笔在上面写写画画。

松子在厨房里忙活着，为我们做木瓜煎饼，作为午餐。但我期望这个时刻越晚到来越好。我相信李尔也是这样想的。我们本来想告辞，可松子非要我们留下吃饭。她的态度很强硬，仿佛认为我们的离开就是在小瞧她的手艺。我和李尔互相看了看，留下了。我们都觉得没必要惹松子生气。她是一个好女孩，只是有点蛮横。

这是一个安静的正午，只听得见屋外的流水声，以及厨房里的声音。我喝完木瓜汁，放在茶几上。茶几擦得很干净，如同一面镜子。

我突然想到，很多年以后，我会不会在某一天忽然想到这个正午？记忆是很有趣的东西，你不知道它将储存多久，又将在哪一刻被触发。我或许不会记住所有的细节，但肯定能记住现在的感觉——黄橙橙的阳光,寂静,流水声,松软的沙发,各自的沉默。

就像我经常(比如说现在)会不自觉地想起跟父亲坐在音乐厅里的情景,那些时刻,在记忆中真的已经成为永恒了吗?

永恒。这个词在诗歌中我经常读到,可在它面前,我总是感到心虚。写下一个词语是世界上最简单不过的事,但相信一个词,并不比你完全信任某个人来得容易。

我究竟在胡思乱想些什么?

"别着急,一会儿就好。"松子的声音从厨房传来。

"你现在每天都吃木瓜煎饼吗?"李尔从灵魂出窍的状态里恢复过来,直了直身子。

"有时也吃柿子馅饼,"徐福头也不抬地说,"我俩都不太爱吃肉。"

李尔撇了撇嘴,没说什么。

"最近拉松大叔好像有些不对劲。"李尔又转向我说道。

"怎么了?"我说,"好几天没见到他了。"

"这就是不对劲的地方,拉松以前可是天天去酒馆的。"

"可能他又在搞什么发明吧。"

"也是。"李尔若有所思地点了点头,"拉松那里确实有许多不错的发明,是不是?"

"你今天是怎么回事?"我问。

"什么怎么回事?"

"刚才你的表现很不正常。"

"我正常得很。"李尔喝了一口木瓜汁。过了一会儿,他说:"其实也没什么,就是莉莉好像有什么事在瞒着我。"

"什么事?"

"注意我用的是'好像'这个词,"李尔双臂交叉在胸前,头仰靠在沙发背上,"如果我知道是什么事就不用这个词了。这只是某种感觉,明白吗?她好像对我不太热情了,眼神也躲躲闪闪的……反正很不正常。"

"就因为这个?"

"嗯,当然,我肯定要去问她啦。我的态度很好,就是想问她有什么心事,可以跟我说一说,有什么困难也可以一起承担,是不是?我们毕竟是恋人。可是她什么也不承认。我敢发誓,我是在关心她,但我们不知为什么还是吵了起来。"他停了一下,脸上闪过一丝痛苦的表情,"没错,吵得很凶。"

"但小号是无辜的,"徐福抬起头,缓缓地说,"作为一个乐手,应该爱护自己的乐器。"

"那查理·帕克怎么说?人家把自己的乐器都拿去典当了。"李尔反驳道。

"但那是查理·帕克。"徐福说。

"喂,现在不是教训我的时候吧?"

"煎饼来咯!"松子从厨房冲了出来,手里端着一只大盘子,里面是一摞黄色的饼状物,"快点尝尝我的厨艺。"

这是难以抉择的时刻。我和李尔面面相觑。最终,还是李尔最先吃了一口。

"还不错。"李尔说。

松子热切地望着他,似乎期待他再说点别的什么。李尔咀嚼了几口,想必在脑子里搜索其他的词汇。

"还不错。"过了老半天,李尔说。

第四章

1

关于那头会说话的狼,几天后,又出现了新的目击者。

目击者是阿京。那天他来到警局(其实就是我住的地方,当初来到小镇,就是因为当警察可以有免费住的地方才选择这一职业的),我以为他是为别的事而来,比如向我推销新款的酒——我知道有的酒保会在业余时间赚一点外快。

说实话,我几乎从未在酒馆以外的地方跟他有过接触。我们所有的交往都是基于我是顾客、他是酒保而产生的,并且基本上都是在夜里。这是我第一回在白天见到他。与我想象不同的是,他看起来很清醒,穿着得体,与酒馆里的风格大不一样。

"怎么样?"他刚一见到我就笑着说,"酒还可以吧?"

他指的当然是"沙漠甜心"。我点点头,"非常不错,我正准备再去买几瓶呢。"

"还是要注意一点,这种酒容易上瘾。"他说。

"哦?"我愣了一下,"放心,我对酒还是有节制的。我其实也不太能喝。"

"我知道,你酒量很差。"

"你这次过来就想跟我说这些?"我问。

"当然不是。"他摇了摇头,变得有些吞吞吐吐,"我来不是为了说酒的事。呃,怎么说呢,我好像看到了不太好的东西。"

"不太好的东西?"

于是他对我复述了他遇到狼的经过。那是昨天夜里,酒馆打烊后阿京一个人回家。由于他在工作时间经常偷偷喝酒,估计走在路上时也是醉醺醺的。昨天晚上并不很冷,再加上白天阳光充足,植物吸收了足够的养分,到了夜里就开始散发出香味。据说这种香味有解酒的功效。总之,按照阿京的说法,他"很享受",突然就不想回家了。他漫无目的,不知不觉走到了海边,沿着海岸线溜达了一小会儿,然后就离开了。

"夜晚太漫长了,"他说,(对此我深有体会,)"所以我想找一个朋友再喝点酒,我就是在去朋友家的路上碰到了它。"

那头狼就站在灌木丛前面,两眼发光。一开始,阿京还以为是谁家养的大型犬,等走近了才发现是一头狼。"我这辈子第一次遇见真正的狼,"阿京有些激动地说,"当然,我在电视里和图片上见过,但那完全不是一回事儿。"

那头狼默不作声地盯着阿京,隐没在黑暗中。

然后,它开口说话了。

"它对我说'你好'。"阿京说。

据阿京回忆,当时他是十分镇静的(这点我持怀疑态度),对着那头狼说:"你要干什么?我是不是听错了?这一定是我的幻觉。"

"我知道你想说什么,"不等我说话,阿京连忙对我说,"我敢发誓那不是幻觉,我没有喝醉。就算是刚下班的时候确实有点醉,但那么长时间,酒精已经消散得差不多了。"

"然后它说了什么?"

"它没有说话,只是盯着我,看得我心里发毛。"阿京说,"你有水吗?"

我给他倒了一杯水,他一饮而尽。

"再然后它就突然不见了,速度非常快,我猜它应该是蹿进了旁边的灌木丛……你知道,那段路没有灯,光线很不好。"

我给他做了笔录——我已经很久没有为人做过笔录了,以至于连纸都差点找不到。翻了半天,才从一堆堆的稿纸中找到了空白的纸。面对那些写满了诗句的稿纸,我有点羞愧,仿佛让人撞见了什么见不得人的秘密。

做完笔录,阿京又在我这里坐了一会儿。我打开了两罐啤酒,我们一起默默喝着。要说起来,除了赵柚那次找我借书,这里确实很久没人光顾了。

"对了,"我说,"你跟赵柚的父亲熟吗?"

"赵柚?"阿京皱着眉头想了想,"你是说那个在莉莉家打工的女孩？我没怎么见过她，倒是她的父亲经常过来买酒，但几乎从不跟人说话，买了就走。"

"你知道他们家到底是怎么回事吗？"我继续问道。

"不清楚，只是听别人偶尔说起过，说他跟以前的妻子是私奔到小镇来的，可没多久那个女人就跑掉了，可能是受不了他嗜酒如命吧，但走之前给他留了个女儿……是叫赵柚是吧？要说她的命也是不好，摊上这么个酒鬼父亲，小时候对她不但不管不问，还经常打骂。"

这么说来，这是一个从未体会过家庭温暖的女孩。我不禁感到惋惜。

"好了，我要走了，一会儿还要上班。"阿京喝完啤酒，站起身说道。我送他到门口。关上门，我坐回桌子前，想了一些不相关的事，然后我拿起那张笔录，重新读了一遍。第二个发现狼的是一个喜欢幻想的小男孩，其他两个都是酒鬼。头一个酒鬼就不用说了，他也承认自己烂醉如泥，只剩下一个模糊的印象，而阿京的叙述虽然时间、地点都很清楚，但我无法确认他当时的醉酒程度，也无法确认是否是一场恶作剧。毕竟一头会说话的狼，这实在不可思议。所幸到目前为止还未有人受到伤害。

无论如何，我不能掉以轻心。

2

阿京所说的地方离"犀牛之翼"并不远，位于酒馆与海鸥餐厅之间。我骑着自行车，去实地转了一圈。没有任何发现。那里有一条石子路，两旁是茂盛的灌木丛。阿京说的没错，这里确实没有挂灯笼，到了夜里一定是漆黑一团。我进入灌木丛中，找起什么来，其实我自己也不知道在干什么，或许我期望可以找到狼的足迹，或是毛发之类的东西。当然什么也没有。我的衣服倒是差点被干枯的灌木枝划了一个口子。

天空有些阴沉，太阳被厚厚的云雾遮挡，变成一团模模糊糊的发光体，好似悬挂在天边的灯笼。时间还早，可我的调查似乎已经结束了。我推着车漫无目的地走着，感觉很是无趣。到了海鸥餐厅，我要了一盘炸水母和一瓶啤酒，一边看着动物般涌动的海面。

这个时间点餐厅里的客人很少，甚至连海鸥的身影也见不到。它们早就摸透了人们的作息时间，只有等到饭点才会飞过来蹭食。这样也好，不会受到任何事物的打扰，我可以悠闲地喝啤酒看大海。话虽如此，我的心情一点也不轻松。狼的阴影笼罩在我的心头，如果不弄清究竟是怎么回事，我想我也很难真正悠闲起来。

于是，炸水母还没吃完（盐放得太多了），我就离开了海鸥餐厅。

第二个看见狼的小男孩，住的地方位于森林边缘。他的父亲是附近的矿工，母亲留在家中，做全职太太。我登门拜访时他们正要吃饭。我有点尴尬，似乎来得不是时候。男孩的母亲邀请我一起吃一点，我委婉地拒绝了，为了不让她觉得紧张，我尝了一点他们家自制的蛇酒。蛇是从矿场抓来的。

"喝这种酒对身体非常好。"男孩的母亲对我说。

他们吃得很简单。可以看出来由于我在旁边，他们吃得有点不安。很长一段时间，我们三个坐在餐桌前沉默无话。男孩和他的母亲尽量不发出声响，默默地吃着。

男孩就是普通男孩的样子。对于小孩子，我总是分不出他们的面孔，似乎每个孩子长得都差不多——可能是因为他们与我没有任何关系吧，相信在父母眼中，自己的孩子与其他孩子是千差万别的。

这个叫灰原的孩子看起来比其他孩子显得阴郁。他安静地坐在那儿，头也不抬。倒是他的母亲总是故意寻找话题与我闲聊，但这反而让我有些不适应。我决定直奔主题。

我告诉他们，我这次来依旧是为了狼的事，想要再详细地问一下灰原当时的情况。

"可是这个孩子……"灰原的母亲欲言又止。

"怎么了？"我问。

她没有再说下去。吃完饭，趁着洗碗的时候，男孩的母亲把我拉到一边。

"警官先生,有句话不知道该不该说……"她显得有些为难。

"没事,什么话都可以说出来。"

"其实作为孩子的母亲,我不应该这么说,但是……"她不住地用围裙擦拭双手,"灰原他很喜欢说谎的。他的话我劝您轻易不要相信。"

我还是第一次听到母亲如此说自己的孩子。我考虑了一会儿,说:"我知道,上次你说过,他喜欢将幻想与现实混淆起来。"

"是的,他确实是这样,但有时又不这么简单。"灰原的母亲停顿了片刻,继续说:"我感觉这孩子有时是在故意戏弄人。他知道自己说的都不是真的,但他喜欢看别人被他欺骗,这样似乎会让他特别开心。"

"为什么这么说?"

"都是一些日常的事情,慢慢发现的。比如说,上次他告诉我他爸叫我去矿场一趟。然后我就过去了。可孩子他爸说根本没叫我。结果那天吃晚饭的时候,我还没说话,他倒忍不住笑出声了。看得我毛骨悚然的。"

"原来是这样。"我点点头,看向客厅。灰原正在客厅的地板上画画。

我走过去,坐在他面前。他没有抬头,继续专注于画画。我拾起其中一幅画。画倒是挺正常的,无非是一些生活里的场景:矿场、森林、房屋……

"狼的事是我想象出来的。"他突然说道。

"什么？"我吃了一惊。我没想到他会主动谈起这个话题。

"怎么了？"他仍然没有抬头，一边画一边说，"你不相信它是我的想象吗？"

"这倒不是。只是你之前还说……"

"信与不信，全在你。"说着，他终于抬起头，盯着我的眼睛。他的话语和神态，让我无法相信这只是一个十岁的小男孩。

"可是，除了你以外，还有别人也看到了。"

"作为一个大人，你怎么看待孩子的话？"他突然问我。

我没想到他会提出这个问题。"呃，"我说，"我是一视同仁的。"

他轻轻地笑了。"或许你是这样，但大部分的大人不是。他们对于孩子的话，除了不在意，就是不相信。"

"嗯……"我一时不知该说什么。

"所以，"他继续说，"我不知道别人是怎么说的。但我说的是，狼是我想象出来的，也就是说，它是我幻想的产物。明白了？"

"明白。"我连忙说。

说完，男孩继续低头画画。那样子似乎在告诉我：该说的已经说完，你可以离开了。

走出男孩的家，我感觉有点恍惚。男孩那严肃的表情深深地烙印在我脑海中。但与此同时，我又想起了男孩母亲的话。他说的是真的吗？此时此刻，他会不会正在画纸后面偷偷嘲笑我？我这个容易受骗的大人？

我回到住处，喝了一杯花粉冲剂。奇怪的是，这次我很快就睡着了。梦中，我来到一处很宽敞的地方，四周都是玻璃，一层层的玻璃摞在一起，就连地板和墙壁也是玻璃做的。我慢慢地从这些玻璃之间走过，有一种莫名的喜悦。外面有一些人不时朝这边张望。我在玻璃屋子里走来走去。阳光很充沛，毫无阻力地照射进来。

醒来后，我觉得很渴。喝了点水，感觉好多了。这时，我的肚子发出了咕咕的叫声。我这才意识到一整天我好像又没怎么正经吃东西，再这样下去，胃病肯定会再犯。我躺在床上，思考一会儿该吃点什么，其实选项并不多。我忽然想到了一种炸玉米饼。淀粉裹在外面，再放上一些豆类和香料，放进油锅里炸一到两分钟。简直是绝世美味。

我不知道自己在床上躺了多久。我的脑子里一直想着炸玉米饼。后来，天渐渐地黑下来了，我才下床，穿好鞋出门去。

当然，我又来到了"犀牛之翼"。一到晚上，它就会变得热闹起来。整个小镇的酒鬼都聚集到了这里。我要了一杯啤酒，站在吧台前喝着，因为没有空位了。

阿京在吧台后面忙碌着。一个念头突然闪现在我脑海中。我走过去，隔着吧台叫了他的名字。他看到我，露出笑容。

"哥们儿，今天来点什么？"

"只有一个问题。"我说。

他显得很扫兴,"最近你怎么总有问题啊。"

"你要跟我说实话,那天晚上你有没有喝'沙漠甜心'?"

"哪天晚上?"

"别装傻。"我警告他。显然,我严肃的态度起了作用,或许是由于他从未在酒馆里见过我摆出这种严肃的表情。

"好吧我承认,"他开了一罐啤酒,自己喝了起来,"那天晚上我确实喝了一点,但我敢保证,我看见那头狼绝对不是幻觉。"

那一刻,我很想将手里的酒瓶砸到他脑袋上,但我克制住了。有人拍了拍我的肩膀。我回过头,看见陈眠微笑着站在我身后。

"好久不见了。"我说。

"是啊,"陈眠端着一杯"宇宙拿铁","最近实在是太忙了,都抽不出工夫来。"

他穿着很整齐,与酒馆的环境有些格格不入,仿佛是来参加一场隆重的鸡尾酒晚会的。不过我知道他一直都是这样,不管到了哪里,都对自己的仪表很在意。他深吸了一口气,环顾四周。"每次酒馆都充满生机,"他愉悦地说,"真是令人欣慰。"

"你最近在忙什么?"

"无非就是种了很多书。你知道,虽然我是来度假的,但脑子里始终绷着一根工作的弦。"他略显无奈地笑了笑,抿了一口手中的拿铁。

我很想问问那天晚上遇到他的事。那天他为什么要躲着我?

但我并没有说出口,毕竟这是无关紧要的事,不值得为此费心。

"对了,我听说你好像和莉莉认识?"

"莉莉?"他的脸上闪过一丝不自然的神色,"啊,是的。她是我新扩展的客户,买了不少时尚和旅行杂志。"

我喝完了啤酒。肚子又咕咕响起来。正好有了空桌,我和陈眠坐了过去。我招呼服务生,点了一盘海星沙拉,陈眠则继续喝他的"宇宙拿铁"。在我的印象中,他好像很少喝酒。"保持清醒很重要。"他曾对我如此说道。

"考虑得如何了?"他突然问。

"考虑什么?"我一时没有反应过来。

"天哪,"他夸张地抱住了头,"亏我这几天都在等你的回信儿。"

我明白过来他指的是什么,连忙说抱歉。"没有问题,"我说,"那张唱片你拿去就是了。"

"真的?"听到这话,他一下子兴奋起来,"那我什么时候去取?"

"明天中午吧。"我说,"咱们在海鸥餐厅碰头。"

"太好了,为我们的友谊干杯。"

我用一杯白开水跟他干了杯。

"那台打字机可好用?"

"不错。"我含糊其辞道。我并没有告诉他,目前为止我还未用打字机写出过一首诗。是啊,不知为何,最近一段时间我灵感全无。我盯着桌子上那只晶莹剔透的玻璃杯，心想能否写出一首"玻璃杯之诗"？

我们一直坐到很晚，直到酒馆打烊。我看到阿京悄悄地溜出了大门。事实上，我的怒气已全消了。如果那头狼真的被证明是子虚乌有的，我应该高兴才是。

3

第二天一早，我就出门去找拉松。那天李尔的话让我意识到，确实有很久没有见到老拉松了。他最近到底在做什么？是病了吗？总之，最近一段时间他总是神神秘秘的。有人说在废品处理厂经常见到拉松光顾，每次去都会捡一堆破铜烂铁回去。"主要是一些集成电路、电线、金属之类的东西，"那人告诉我说，"不知道要做啥。"

我忘了是谁告诉我的这些，可能是某个酒鬼吧。这不重要。可是这些传闻引起了我的兴趣，同时有一点点担心。我不知道究竟在担心什么。或许只是一种隐隐约约的直觉，并且是不太好的直觉。好在，我的直觉一般都不太准。

这个早晨，我决定亲自拜访拉松。走在路上，我不禁想起了往昔的许多事。曾经我和拉松每天都在一起。他是我的上级，或者不如说是我的老师。我刚刚来到镇子的时候，认识的第一个人就是拉松。他带着我巡逻，处理各种问题，了解镇子的环境和这里的人们。尽管从专业的角度来说，他教给我的东西并不多，因为他本身就是一个不太称职的警察，但是他教给我的东西比"如何当一个好警察"更重要。

拉松退休的前一年基本就不再工作了。他每天待在家里，搞他的小发明。自然，我们见面的机会也少了许多。但我们之间从未显得生疏，我们仍旧几乎每天晚上都在"犀牛之翼"见面，喝一杯酒，随便聊聊天，这样的感觉真的不错。这些年拉松确实老了不少，身材变胖了，酒量也越来越差。与此同时，他越来越陷入对亡妻的怀念中。

"最美好的时光已经过去了。"在某些日子里，他总是爱重复这句话。

拉松的妻子我没有见过。我来到小镇时，他的妻子已经故去很多年了。我只是从相片上见到过那个美丽的女人。听镇子上的人说，他们曾经非常相爱，是人人都羡慕的一对。他们总是一起去海边冲浪，或是到河边钓鱼。然而命运弄人，拉松的妻子后来没来由地得了一种很奇怪的病。有一天，她的身体忽然散发出玫瑰花的香气，同时整个人越来越虚弱，到后来只得卧床不起。

可想而知，拉松伤心极了。他每天都守在妻子身边，喂她喝药。那段时间拉松尝试了各种治疗方法，也寻遍了各类偏方，因此他的屋子里终日弥漫着药材的味道。一年后，她还是去世了。

拉松一下子老了十岁。安葬妻子那天,拉松一动不动地站在她的墓前,像一尊雕像,从白天站到黑夜。有人担心他,就去给他送吃喝的东西,安慰他不要过度伤心。

出乎那人意料的是,拉松表现得很平静,甚至微笑地接过了那人送去的食物。过了一会儿,那人听到拉松在喃喃自语着什么。一开始,他没有听清,费了半天劲才听明白拉松自言自语的话——

"最美好的时光已经过去了。"

拉松就这样重复了一遍又一遍。

再后来,拉松妻子的墓前莫名其妙地长出了一大片鲜艳的玫瑰花。每一次,拉松都会用锄头将每一朵玫瑰花连根挖掉,用火烧了。所有人都知道,自从妻子死后,拉松最痛恨的东西就是玫瑰花。

转眼,她已经去世十年了。

但谁也不知道拉松的妻子究竟是怎么得上这种怪病的。

敲了半天门,门才打开。拉松穿着一件松松垮垮的睡衣,看上去很疲惫。他把我让进屋内。进门后我不禁吃了一惊。墙上不知何时挂满了拉松亡妻的照片,大大小小的照片,放在同样大小不一的相框中,密密麻麻。我坐在椅子上,看着那些照片,心里有点发慌。尽管每张照片里的女人都很漂亮,但那么多双眼睛一齐望向我,仍然感觉很诡异。

拉松比我上次见他时更瘦了。他坐在床头,身上紧紧地裹着那件并不洁净的睡衣，呆呆地看着我，似乎是在问："你来做什么？"

那是一种很陌生并且冷漠的眼神，此前我从未见过。今天，拉松仿佛突然间变成了另外一个人，一个十分陌生的拉松。我有些尴尬。这次来，我主要是想同往常一样，和拉松喝喝酒，下下棋。但显然，这次的气氛有些不对头。

"呃，你最近还好吗？"我说。这句客套话刚出口，我就感到更加难堪。

"老样子。"拉松倒是并不介意。他揉了揉眼睛，从桌子底下拿出一罐啤酒，扔给我。我们默默无言地喝了一小会儿。拉松的房间里堆满了各种乱七八糟的东西，很多都是从旧电器上面拆解下来的零部件，还有乱糟糟的电线。看来传闻不假，最近一段时间拉松正在秘密研制着什么。

房间里很阴冷。我站起身，来回走了走，活动身体。其实并没有多少活动的空间。我又重新坐下。拉松则趴在桌子上，戴着眼镜，用螺丝刀在一块电路板上忙活。

"又在搞什么发明？"我尽量用轻松的语气问道。

"秘密。"拉松摘下眼镜，看着我。提起这个话题，他明显放松了很多，"这是非常厉害的发明，谁也想象不到。"他露出了一丝笑容。终于，那种尴尬的氛围有了松动的迹象。我也松了一口气。

"你好像很久没有发明出新玩意儿了。"我说。

此前，拉松发明过许多奇奇怪怪的东西。除了那台曾切断使用者手指的"全自动切菜机"外，还有很多发明给人们带来了困扰。比如他曾发明了一种"冰激凌旋转器"，可以自动使冰激凌旋转起来，这样，吃的时候就不用自己转动冰激凌了。但实际应用时，那个装置经常将冰激凌整个糊到人的脸上。

"是啊。"拉松说，"因为没有人需要它们。"

"野猫跑步器一直在用。"我提醒他。

拉松点了点头，没有说话，又开始鼓捣手里的电路板。不可避免地，沉默再次将我们包围——所幸，这次持续的时间并不长，拉松主动打破了沉默。他抬起头，说道："不过这次的发明不为任何人，只为我自己。"

"是吗？"我连忙说，"可否透露一二？"

"我在研究时光机。"拉松平静地说。

"时光机？"我想我一定由于惊讶而情不自禁提高了声调，"那是什么？"

"小声点。"拉松皱了皱眉头，喃喃地说，"不要打扰了……"他没有说下去。

但我立刻就明白了他指的是什么——那挂在墙上的众多的照片里，唯一的那个女人。就好像她还活着，只是在隔壁睡着了。

"对不起。"我低声道。

"你不应该道歉。"他烦躁地摘下眼镜，用手掌搓了几下脸颊。他已经很久没刮胡子了，脸上尽是灰白的胡碴。

"前几天李尔也找过我,借了一些东西。"拉松转移了话题,"他好像心情很不好。"

"是的。"我告诉了他李尔跟莉莉冷战的事。拉松长叹一口气,说:"他们以后就会知道,这样的时光是多么美好。"

离开时,拉松起身送我到门口。我转过身,想跟他说点什么,但一时间竟想不起说什么好。最后,我对拉松说:"没遇到什么难办的事吧?有的话可以跟我说。"

"没问题的。"他吸了吸那只总是红彤彤的鼻头,冲我点了点头,"不用担心。"

4

我从拉松家出来,先回了一趟住处,把查理·帕克那张《地下世界》用硬纸壳包好,然后带着它直接去了海鸥餐厅。时间正好。我刚一到,就看见陈眠坐在其中一张桌子旁,正百无聊赖地喝着果汁。我走过去,坐在他对面的椅子上。

"东西带来了?"见到我,他立刻振奋起来。

"带来了。"我说,"感觉像黑帮分子接头。"

"管它什么接头不接头的,带来了就好。你想喝点什么?"

"给我来杯热茶吧。"

陈眠打了一个响指,唤来服务员,为我要了一杯海藻热茶。我巡视了一番,没有看到松子的身影,看来今天不是她当班。

"真想现在就走,拿回旅馆听。"陈眠摩挲着唱片外面的硬纸壳,感叹道,"早就想听这张唱片了。"

"这么迫不及待?"

"期待已久。今天要好好请你一顿。"陈眠将唱片收进随身携带的挎包里。

我看了几遍菜单。说实在的,我一点也不饿。我随便点了几样,开始喝热腾腾的海藻茶。这种茶初喝会有一点腥气,但慢慢地,你就会对这种味道上瘾。就像花粉冲剂一样。比起吃的来,海鸥餐厅的饮料品质要稳定得多。

海鸥盘旋在头顶,不时发出怪叫。人们已经习惯了专门空出一个蓝色小菜碟,里面装着喂给海鸥的食物。海鸥会俯冲下来,叼走碟中之物,或者干脆落到餐桌上,慢慢吃起来。我看着湛蓝的天空。今天的天气很好,阳光和煦,照耀着就餐的人们。隔壁桌的老人在用一台笨重的老旧收音机听歌,里面传来"沙滩男孩"的《你仍然相信我》。我一边看着晴朗的天空,一边听着断断续续的音乐广播。

每当这个时候,我都会思考自己究竟置身何处。毫无疑问,现在我正在一个叫"天鹅绒小镇"的地方,坐在一家名叫"海鸥餐厅"的餐厅的餐桌前。不知为何,对这样确凿无疑的事物我总是要再三确认才敢相信。是啊，时间真的很奇妙，我从未想过有一天我会来到这里，听广播，看天空，吃糟糕的食物……一切都像一场梦。

"想什么呢？"

"没什么。"我回过神来。服务生端上来一盘海鲜拼盘。陈眠夹了一大口，放进嘴里。"说实在的，"陈眠边嚼边说，"这里的菜真是烂得让人上瘾。"

我依旧没什么胃口。远方的海平面上，有几艘小船正在缓缓地移动。

"嗨，好巧啊。"一个声音突然在我们旁边说道。

我转过头，只见李尔出现在餐桌前，不由分说地坐到了我和陈眠之间的那把椅子上。

"这位就是陈先生咯？"李尔转向陈眠，用一种奇怪的声调说道。陈眠一声不吭，只是点了点头，继续闷头吃饭。

"我听说陈先生好像是做出版生意的。"

"只是帮忙推销而已。"陈眠依旧没有抬起头。

"专门找别人的女朋友推销？"

陈眠缓缓抬起头，一时间似乎很迷茫似的盯着李尔。李尔则毫不回避地迎上对方的目光。他们就这样对视了一会儿。我完全成了局外人，搞不懂他俩究竟在搞什么花样。

"我不明白你到底在说……"陈眠低声说。

李尔赞许地点了点头，"没关系。诚实说出来就好。"

"喂喂,"我实在忍不下去,打断了他们的对话,"你们到底在说什么?我怎么听不明白。"

"事情非常明白。"李尔露出一丝轻蔑的笑容,"无非就是某人去别人家里推销推销种子,顺便勾引勾引别人的女朋友的故事……"

我震惊地看向陈眠。陈眠也被这句话惊到了,瞪大了眼睛,看着李尔。

"坦白吧,"李尔说,"你和莉莉的事我已经全都知道了。"

"我听不懂你说的话。"陈眠的表情开始变得严肃起来。

"哦?"李尔笑了笑,从上衣口袋里拿出几张照片,像发牌一样放到桌子上,"劳驾您自己看看吧。"

陈眠拿起照片,脸色瞬间变得十分难看。"你是什么时候拍的?你在跟踪我?"

"用你管?"李尔眯起眼睛,"做出这种事,还敢反问我?"

我伸手拿过照片。这些照片看起来都是在同一天夜里拍的,背景是一片树林,似乎是在森林边缘某个不为人知的角落。照片里都是同样的一男一女(还用问吗,当然是陈眠和莉莉),拥抱或是接吻,全都清清楚楚地拍了下来,画面非常清晰。有几张甚至离得很近,仿佛拍摄者就在旁边,不禁给人一种错觉——陈眠和莉莉之所以如此,是在按照拍摄者的要求摆出造型。

当然,他们绝不至于傻到摆什么"造型"。

我叹了一口气,将照片扔回桌上。陈眠窘迫至极,他站起身,差点被椅子绊倒——他到餐厅前台结了账,匆匆离开了。李尔点燃一根烟,看着那个背影消失在我们的视线中。

此时,李尔已不再像之前那样盛气凌人。他慢慢地抽着烟,整个身体瘫坐在椅子里,仿佛想将自己蜷缩成一个婴儿。恼人的沉默持续了很久。其间只有远处的海浪声,和收音机里歌手不懈的歌唱。

李尔长长地吐出一口烟。"真是世事难料。"半晌,他说出了这句话。看来当厄运降临时,每个人的性格都或多或少有所改变——就连李尔都开始说这种文绉绉的词了。

"你什么时候发现的?"我问。

"其实我早有察觉,"李尔说,"但我不敢相信。你可以理解我吧。我相信莉莉绝对是爱我的,她只是一时鬼迷心窍。"过了一会儿,他又自语似的说了一句:"真是该死。"不知所指是谁。

"这些照片你是怎么拍的?"

"我管拉松借了一样东西。"李尔捻灭了烟头,接着又点燃一根,"你还记得拉松发明了一种靠风力飞翔的机械鸟吧?我请他改进了一下,在上面安装了自动拍摄器。"

"他怎么会同意的?"我很清楚,拉松从来不愿意掺和这种乱七八糟的事。

"嗯。"李尔说,"我告诉他,我是想拍一些风景照,去参加摄影比赛。这也是迫不得已,你知道,那个地方很开阔,如果我去偷拍很容易被发现……"他顿了顿,接着说:"那小子经常趁着我不在的时候去推销书种子,跟莉莉套近乎。那段时间我就觉得莉莉变得有点三心二意的,对我也经常找碴儿不满,甚至大吵大闹。后来,我发现她经常用各种借口在晚上出门——这有点异常,以往她总是喜欢跟我在一起的。于是我就跟踪她,发现了她跟那小子的事。"

我点了点头,犹豫着要不要告诉他那天晚上我偶遇陈眠的事。但想了想,觉得事到如今既无必要,也没意思。我转而又要了几瓶酒。

这个中午,他对我说了很多,但总结下来无非两点:1.陈眠是个混蛋,他绝对不会放过他;2.莉莉还是爱他的,她只是被陈眠的花言巧语所迷惑。

"可是万一……"我喝了口酒说,"这又是一个可怜的盖茨比的故事呢?"

"狗屁。"李尔说,"我敢保证,他俩之前完全不认识,更不可能有什么旧情。跟你说,我早看透了,那小子只是觉得这样做很有趣,很刺激,绝对谈不上什么真正的感情,他只是玩玩而已。我看他的样子就能看出来。我看人一向很准。"说完,他狠狠地捻灭了烟头。

"那你打算怎么办?"

"我也不知道。"李尔摇了摇头,"我现在脑子很乱。"

第五章

1

  几天后,小镇落下了入冬后的第二场雪。这场雪持续了很久。屋子里骤然变冷。警局的窗子年久失修,有的地方不停地漏风。我到小超市买了透明胶带,将缺口一点点补上。不过即便如此,我还是几乎每天都被冻醒。早上起来,推开窗子,世界一片洁白。我会为自己倒上一杯酒——随便什么——然后站在窗前,一边慢慢喝酒一边看纷纷扬扬的雪花从天空落下。

  喝完酒,我坐在书桌前,面对那台像一只大甲虫般的打字机。很多个白天和夜晚,我对它束手无策。现在,我屏息凝神,听着落雪的声响,那是一种奇特的氛围——周围无比寂静,但你知道有什么事情正在发生。

  就这样,我写下了入冬后的第一首诗。那是一首关于清晨与雪的诗。写完后,我读了两遍,觉得还说得过去。我将它放进衣兜里。

我曾做过一个梦。梦中，写满诗句的稿纸从天而降，像雪花一样飘飘洒洒。我站在空旷的地方，静静地看着四周飘落的稿纸。那时我的心情很平静。我撑起一把伞，从稿纸的大雪中穿行而过。

我又喝了点酒，直到身子暖和起来，就披上大衣出门。道路全都被积雪覆盖了。自行车没法再骑，我只好在雪地上慢慢行走。我的脚下发出悦耳的嘎吱嘎吱的声响。每到这时，小镇上的孩子们会玩一种叫"埋起来"的游戏，就是把礼物埋进雪地里，并且做上记号。不过，除了埋礼物的人以外，没人知道里面有什么，可能会是一支铅笔，一双手套，但也有可能是一坨狗屎，或者是突然蹦出来吓人一跳的玩具蛇，甚至是炮仗。

现在，道路两边全都是各种礼物记号。孩子们兴奋地站在记号旁，一起商量着要不要挖开，盘算着里面是礼物还是陷阱。

有时大人们也会参与这种游戏。一个孩子突然从旁边蹿到我面前，脸蛋红扑扑的，对我说："警官叔叔，你也埋一个什么吧。"另外几个孩子见状也围了过来。

"埋一个！埋一个！"他们喊道。孩子们知道，大人们一般都会埋货真价实的礼物。

我点了点头。孩子们一下子跑开了，离得远远的。他们都知道这个游戏的规则——埋东西的时候，别人是不能在旁边看的。

我挖了一个小坑，将刚刚写好的诗折叠起来，放了进去，再用雪埋好，用一块灰色的石头做记号。埋完后，我站起身，朝他们挥了挥胳膊。孩子们重又聚拢过来。其中一个男孩问:"警官先生,你埋的是什么,是不是手枪?"我摸了摸他的头,没有说话。

一个身手矫健的女孩抢到了先机,抢在别的孩子前面挖出了礼物。我转过身,继续朝前路走去。

"这是什么?"那个女孩颇有些失望的声音从我身后传来,"一张纸条?"

大约半个钟头后,我来到海边。雪依然在下,不过有减弱的趋势。下雪的海面与平日没什么不同,只是颜色更深了一些。海岸很开阔,又不见什么人,天地之间一片白茫。我站在一块礁石前,凝视着翻涌不息的海浪。天空低垂,太阳被遮蔽在云层之后,只有在云层的罅隙处,阳光才得以透口气,照射在海面。而被阳光照耀的那片海会闪烁着比以往更耀眼的光芒,就好像一头巨鲸闪闪发亮的背鳍。

临近中午,我去海鸥餐厅随便吃了一点东西。客人很少,我看到松子坐在一张躺椅上,悠闲地一边抽烟一边看海。我没有去打扰她,吃完饭就离开了。

回到住处,我看到守林人正坐在门口,焦急地等待着我。

"就是这样。"守林人抱着热气腾腾的茶杯,说道。有一段时间,我们谁也没有说话,沉默像雪片那样在屋子里飘落下来,埋葬了我们。而窗外，雪依然在下，只不过变成了细小的雪粒，如果不仔细看，是分不出究竟是雪还是雨的。甚至就连打在房顶上的声音都差不多，淅淅沥沥，有一种不可言说的孤寂。

茶喝完了，我重新烧了一壶水。我盯着炉子与水壶之间升腾的火焰，按照松子的标准，这应该是非常健康的火焰。"你能确定吗？"我问。

"说实话，我不能确定。"守林人说，他的嗓音总是浑厚而稳重，"只是推测。那种动物的脚印我从来没见过。"

水壶很快就鸣叫起来。我关掉火，给他的杯子里斟满了开水。我们喝的是我从海鸥餐厅买来的海藻茶。泡茶的水则是雪水。守林人双手捧着茶杯，大口地吹着气。

我回到警局时，守林人已经等了我将近两个钟头。他这次来是为了向我汇报一件不寻常的事——就在清晨，他出门采集雪花标本时，在通往林子的某条小径上发现了一串奇怪的脚印。"经常出没于林子里的动物，脚印我都很熟悉，"守林人说，"但我没见过这种动物的脚印。"

"那么，"有某种冰凉感正侵入我体内，"你认为是……"

守林人看着我，然后点了点头。我们不约而同都想到了。

"狼。"我说，"可惜的是，脚印现在应该已经被雪覆盖了。"

"是啊。"守林人小口啜着茶，"我没有照相机，没办法拍摄下来。不过，我已经把它的形状记住了，我想可以画出来。"

于是我给他找了纸和笔——这是我房子里最不缺的东西。

他很快在纸上画了一个脚印的图形。脚印有五趾，呈梅花形。"它跟我的猎狗脚印有些像，"守林人说，"不过我的狗只有四趾，而且它的脚印要比图上的小很多。"

"真是难办啊，"我挠了挠后脑勺，"难道真的有会说话的狼不成？"

"不管会不会说话，我想我们应该先确认是否真的有狼。"守林人说，"茶很好喝，我可以带回去一点吗？"

"当然可以。"我说，"那你觉得我们该怎么做？"

守林人将剩下的一包茶叶放进口袋里，想了一会儿，说："这应该由警官先生来安排。"

"那你能协助我吗？"

"当然。"守林人重重地点了点头，"毕竟我是守林人。"

接下来，我们大致商量了一下之后的安排。现在最大的难处是人手不够，我们无法确定狼的数量，以及它（或"它们"）的攻击力。因此，为安全起见，还是需要几个可靠的帮手比较保险。可是目前小镇上只有我这一个警察。

"你可以去找'长官'。"守林人忽然说道。

"你是说'犀牛之翼'的老板？"

"是的，他以前好像当过军人。"

"啊，没错。"经他提醒，我想起来好像是有这么回事。我差点忘记了这个人。

2

告别守林人后,我立刻前往"犀牛之翼"。酒馆里没什么人,阿京正坐在吧台后面抽烟。看到我进来了,他连忙熄灭烟,跟我打招呼。

"哥们儿,"他搓了搓手,"喝点什么?"

"'长官'在吗?"我问他。

"你找他?"阿京有些诧异,"他一般都是晚上来,但也说不准……你找他什么事?"

"想请他帮个忙。"我说。

"今天他可能会来,"阿京说道,"你可以晚上再来一趟。我会告诉他一声。"

"好的,谢谢。"我说。

我没有立即离开,因为阿京似乎踟蹰着想要说点什么。反正我也不着急,便要了一杯热牡蛎酒。这种酒度数不高,但喝完以后会感到浑身舒畅。

"哥们儿,上次的事实在抱歉。"过了片刻,他说,"我确实喝了酒。后来我又仔细想了想,那头狼可能真的只是我的幻觉,但我并不是故意说谎,因为那幻觉实在太逼真了……"

"好了,我知道。"我打断了他的话,"那不一定是幻觉。"

"嗯?"阿京抬起头,"你的意思是?"

"你了解'长官'这个人吗?"我改变了话题,"他毕竟是你的老板。"

"话是没错,但我对'长官'这个人可以说一点都不了解。"阿京说。

"是吗……"我缓缓旋转着酒杯,思考着该如何跟"长官"开口。

"我只知道他很有钱,但有钱人总是神神秘秘的。他很少到这里来。我只是听说他曾经是个风云人物,干过不少了不起的事。"

"都是什么事?"我问。

阿京耸耸肩膀,"我哪儿知道?我只是个微不足道的小服务员,跟老板连话都没怎么说过。别人说他很'传奇',那我肯定会选择相信喽。"

"好吧。"我喝完了酒,对他说,"我晚些时候再来。"

走出酒馆,天色尚早。我思考着是去别处逛逛,还是回家看书。昨天,《佩德罗·巴拉莫》和策兰的一本诗集刚刚长好,正等着我回去采摘。可我现在并没有读书的心情。我更喜欢在深夜读书,而白天,我总是静不下心。

我发觉自己正走在通往药店的路上。

"好久不见了。"阿栗站在柜台后面,笑着对我说,"胃病怎么样了?"

"很奇怪,"我说,"最近没犯过。"

"看来是新型药起了作用。"阿栗高兴地说。她的眼睛里闪烁着迷人的光彩。有时我会疑惑,这个女人是否也有过烦恼?每当与她站在一起,我仿佛也暂时进入了那个无忧无虑的世界。但是,那个世界对我来说太遥远了,我可望而不可即。

"呃,"我忽然莫名地紧张起来,"明天中午有空吗?我想请你去海鸥餐厅吃饭。"

"海鸥餐厅太远了,"阿栗有些为难地说,"药店一直缺人手,实在是走不开。"

"那就等下次……"

"不过我们可以去树荫公园野餐。"阿栗说,"我经常会在休息的时候去那里,要不明天你也一起来吧,可以吗?"

她的语气很欢快。她在期待我的回答。

我凝视着她那清澈的栗色瞳仁。这双眼睛,曾无数次在我的梦中出现。时间在药店里缓慢地流淌。

"当然,当然。"我说,"那明天中午见。"

"中午见。"

到了晚上,我走进"犀牛之翼"的大门,一眼就看到"长官"独自坐在一张桌子旁。他没有喝酒,只是安静地坐着,好像在考虑什么事情。我搞不清他是在等我还是等别人。这时,我看到阿京冲我点了点头,我这才走了过去。

"你好,警官先生。"他看到了我,站起身。我们握了手,一起坐下。

这是我第一次近距离观察这个男人。在灯光的映照下,他显得比我印象中的年龄要大,眼角已经有了明显的鱼尾纹。不过,他有一双堪称锐利的眼睛,从我见到他的那一刻起,这种审视般的目光就使我感到了某种程度的压迫感。

"听说你想得到我的帮助,"他开门见山道,"不知需要我做些什么?"

我跟他说了关于狼的事。

"哦?"他颇感兴趣地说,"你是说,有一头会说话的狼来到了小镇?"

我点点头,"可能会说话,也可能不会。但现在基本能确定的是,有某种疑似狼的动物入侵了小镇,我有责任保护小镇居民的安全。可是您也看到了,小镇的警力严重不足,准确地说,只有我一个人。以前小镇没有发生过这么严重的事,正是因为如此,我才想寻求您的帮助。"

"我能帮助你什么呢?"不知为何,他的目光柔和了下来,双手交叉托着下巴问道。

"嗯,是这样,我希望您能帮助我挑选几名身体条件不错的年轻人,我会对他们进行短期的训练,然后带他们随我一起进入森林里寻找那头狼……"

"听上去挺有意思。"他露出了笑容。必须承认,虽然上了岁数,但他仍然是一个很有魅力的男人,"这种事不用这么麻烦。"

"那您的意思是?"

"尽管我确实不算年轻了,"他保持着特有的优雅笑容说道,"可我觉得我身子骨还可以。旧伤是有的,时不时还会复发,但也没什么大碍。以前我经常深入森林,跟那些猛兽打交道,也算是有些经验了。不知警官先生有没有兴趣带上我一起玩?"

说完,他打了一个响指。阿京立刻跑过来。

"喝点什么?""长官"问我,"跟你透露一下,这家酒馆新研制的'在流放地'值得一尝。"

"又出新品了?"我看看"长官",又看看阿京。

"是啊,"阿京说,"这是最新的。"

"我感觉每次来,你们都会开发出新品。"

"没错。""长官"说,"这家酒馆的老板是有这个怪癖。"

"你们能记住究竟有多少种酒吗?"我问阿京。

"没人能记住。"阿京回答。

我们都笑了起来。少顷,"在流放地"端了上来。我尝了一小口。这种酒似乎没有"沙漠甜心"那么烈,有一种淡淡的苦涩味道。

"我的提议你觉得怎样?""长官"问道。

"当然,没有问题。您能亲自加入真是再好不过了。"我想了想,又说:"不过还是希望您再考虑一下,别这么快答应我。毕竟我们无法确定狼的数量,这次行动还是有一定危险性。"

"你是怕我给你们拖后腿?"

"不是这个意思。"我说,"对于一切有危险的事,我还是希望慎重对待。"

"你说得不错。""长官"点点头,"成年人应该学会对自己负责。可我已经决定了。相信我,我可以对自己负责。"

"那太好了,欢迎您的加入。"我们隔着桌子再次握了下手,然后开始喝酒,这个话题就这样过去了。我们聊了聊镇子上的事,都是些无关紧要的。直觉告诉我,这个男人身上有很多故事,他是一个经历过沧桑的人。但我们都没有聊往事,我想是因为我们还不算太熟。

最后,我们约定了时间:三天后的早上,在酒馆门口集合,一起去森林巡查。

喝完酒,我告别"长官",离开了酒馆。我想要回去听听音乐,然后睡觉。可我刚到住所门口时,忽然想到了一件事,就是这件事让我改变了主意。我决定先不睡觉了。我拿了手电筒,朝林子的方向走去。

3

雪已经停了。我行走在堆满积雪的森林中。和上一次不同,这次我的心里并没有那么慌张。我有一种预感:我似乎已经逐渐适应了森林的节奏。但要说森林具体是什么节奏,我是完全不知道的——只是一种感觉。

感觉。没错,我总是凭着感觉过日子。感觉是最简单的,可往往也最复杂。

此时此刻,手电光穿破黑暗,扫视着看不见尽头的黑色的树木。各种各样的树木,我无法一一认清。对于植物,我是彻底的门外汉,因此森林对我而言就如同秘密的集合体,每当我踏入森林,都有种受摆布的感觉。树木一动也不动,但有没有可能,它们其实是运动的?只是以某种我所不了解的方式。或许在它们眼中,我才是凝滞不动的石头。

雪在月光的照耀下闪烁着银白色的幽光。我小心翼翼地往前走。我的心脏怦怦跳动得很厉害,可我自己知道,其实我是平静的,甚至可以说是前所未有的平静——事情有时就是这么怪。

或许,是由于这一次,我有了目的地。

我的目的地就是那棵发光的树。那个女孩躺在树上的吊床上,用一盏昏黄的灯泡看书。她读得很认真,我走到树下她都没有发觉。

"这样下去你的眼睛会近视的。"我站在树下说。

她合上书本,往下看了一眼。"我就知道是你。"她说,"只有你会找到这里来。"

"你在读什么?"

"特拉克尔的诗集,是你借我的。"她说,"就快要看完了。"

"真不错。"我说,"可你就想一直让我这么费劲地跟你说话吗?"

赵柚没有回答。接着,她默不作声地关掉了灯泡,从梯子上爬了下来。她穿着一件绿色的厚夹克,硕大的连衣帽扣在头上,几乎看不到眼睛。

她与我面对面地站在树下。一时间,我们都沉默不语。

"感觉像在对峙……"我说。

"对峙?"她困惑地说,"什么对峙?"

"没什么,"我说,"有时我会说一些莫名其妙的话,希望你不要介意。"

她瞄了我一眼,没有说话。

"对了,我一直想问,那盏灯泡是靠什么发电的?"我抬头望去。灯泡此时自然是关着的,连接灯泡的电线一直垂到树下,延伸至我看不到的暗处。

"我也是无意中发现的。"赵柚转身走到树后,不一会儿,她重新现身,只不过手里多了一只野南瓜。那只南瓜很大,上面结满了冻霜。她用双手捧在胸前。

"就是这个。"她说。

我看到电线的另一头正是插进了南瓜里。

"你是说,用南瓜发电?"

"嗯。"她轻轻点了下头,"我还用过西红柿和西瓜。西瓜电量最足。糖分越高灯泡越亮。"她放下南瓜,拍了拍手上沾的白霜。

"谁送给你的?"我走过去,仔细看这不可思议的发明。

"捡的。"她回答。

这也证实了我的猜测——这正是拉松口中丢在森林里的照明装置。我记得那天他还想给我看图纸来着。在此之前,我也听他说起过。这种靠植物的糖分来照明的灯泡本来是为了他和妻子在森林里约会用的,自从妻子死后,拉松睹物思人,就将它抛弃在森林中。

我们沉默了片刻。在这短暂的沉默中,我听到某种夜虫微弱的鸣叫。没想到在这样寒冷的冬夜,还有昆虫顽强地歌唱着。想到这儿,森林似乎也变得亲切了一些。

"你每晚都睡在这里?"我问。

"喂。"她双手插兜,靠在粗壮的树干上,从连衣帽中露出双眼,打量着我,"你到底来这里干吗?上来就问我这么多问题。请问你是专门来问问题的吗?"

"抱歉。"我说,"并非专门来问问题的,只是有点担心你的安全。"

我跟她说了狼再次现身的事。我对她说,狼很有可能就隐藏在森林里的某个地方,为了安全起见,还是希望她不要在森林中过夜。

她再次陷入了沉默。她坐到树下,双手抱着膝盖,整张脸都隐没在帽子的阴影里。过了很久——我甚至以为她睡着了——她终于开口道:"我在这里很好,森林没有你想象的那么危险。"

"我知道你的苦衷,"她那个酒鬼父亲的容姿浮现在我脑海中,"如果你实在不愿意回家,我可以给你安排其他的住处。住在镇子里总归要安全得多。"

"我哪里也不去。"她的声音很轻,却很决绝,"这里就是我的家。"

看来谈判并不顺利。我也不知道还能说些什么。林子里静悄悄的,夜虫也停止了歌唱。我抬起头,月亮悬在森林上空,散发着冷漠的光辉,似乎随时都会离去。已是午夜时分,气温正在迅速下降。我活动了一下手脚。

"好吧。"我说,"既然如此,我只好继续留下来了。"

"随便你。"赵柚说。

后半夜,天气更加寒冷,空气仿佛将要凝固成细小的冰碴。只要稍稍停留一会儿,浑身便冻得僵硬。我只好隔几分钟,就绕着树干跑圈,以运动的方式使自己暖和起来。赵柚则躺在吊床上继续看书。她好像从来都不觉得冷。

跑了一会儿,我停下来,大口喘着粗气。

星星麻木地沉睡在夜空中,随着风缓慢漂移。

"实在太无聊了,"我对着树上的女孩说,"能不能聊聊天?"

"聊什么?"

"聊聊你父亲怎么样?"

"不想聊。"

"你好像和你父亲之间关系很坏,"我说,"为什么会到这种地步?"

"好像和你没什么关系。"

"我倒是和父亲关系很好。"我坐回草丛上,背靠树干说道。我不知道自己为什么会说起这些,或许只是为了解解闷。我继续说:"可他总是让我摸不透。现在回想起来,我也不敢说真的了解这个人——即使我们曾在一起生活了很多年。"

树上的女孩没有说话,也没有丝毫动静。

"他给我的感觉,怎么说呢,外壳和内部好像是一分为二的。如果只看外壳,父亲是一个循规蹈矩的好男人,甚至缺少一点个性,也就是人们所说的'老好人',不会主动去冒犯别人,但也很难结交到真心的朋友。有时我感觉他只有一具躯壳。"

我停了一会儿,又继续说下去。

"可是,有时我又觉得,他的内部有着完全不一样的东西。那种东西非常坚固,没有人能够摧毁。在我小时候,他经常带我去听爵士乐。爵士乐对他来说像命一样。无论是在音乐厅,还是小酒吧,他都对爵士乐有着巨大的热情……"

有关父亲点点滴滴的记忆再次浮现我的心头。我记得有一次父亲对我说,爵士乐可以展现人的灵魂——这好像是奥奈特·科尔曼说的,我记不清了。不过,灵魂是什么?说实话到现在我也百思不得其解。事实上,我并不相信灵魂之说,人死如灯灭,哪里会有什么灵魂呢?

"但我有时也会想，或许每个人的灵魂都是需要自行寻找的，而爵士乐正是父亲借以寻找属于自己的灵魂的方式——或许，我们每个人在找到之前，其实都只是一具空壳？"

不知为什么，这么想反而让我感到了一点点安慰——尽管我明白，这也许真的也只是自我安慰而已。

"后来，父亲得了一种'嗜睡症'。医生说，他有可能永远也醒不过来了。每一次，我去医院看望他，他几乎都是在睡眠中。我坐在病床前，看着他，这个对我来说最熟悉的陌生人。我猜想，他或许是厌倦了，彻底沉浸在了自我的灵魂中——如果灵魂真的存在的话。"

我还记得，我曾凝视他睡梦中的脸。他的表情很安详，就像一个孩子。父亲究竟梦到了什么？他的梦里会有演奏不完的爵士音乐会吗？

"他偶尔也会醒来，只是清醒的时间很短。清醒的时候，他都会坐在病床前，眺望窗外的景色——其实没什么可看的，无非是一个小公园，草坪，和几株杨树。可他的表情总是很满足，就好像终于得到了梦寐以求的东西。他什么也不说，只是静静地坐着，直到再次沉入梦中。"

那时，我觉得他离我越来越远，或者说，离这个世界越来越远。这种感觉非常强烈。终于有一天夜里，他偷偷地走出了医院的大门，从此下落不明。没有人知道他去了哪里。我们到处找也找不到，似乎他真的从这个世界上消失了……

"哎,我是不是说得太多了?"我猛然醒悟过来,自己竟然喋喋不休了这么一大通。我抬起头,看到赵柚仍躺在吊床上,灯已经关了,看来她已经睡着了。我稍稍松了一口气。

"我倒希望那个老家伙早点消失,"不知过了多久,赵柚的声音从我头顶传来,"或者我自己早点消失,反正都一样。"

她指的当然是她的酒鬼父亲。

"对于他来说,我根本就不应该存在。"赵柚接着说。

"为什么这么说?"

"他总跟我说,我的出生是一个意外,完全改变了他的命运。自从我出生以后,他的生活开始变得一团糟。因此,是我毁了他。"

"你的母亲呢?"静默半晌,我问道。

"她很早就离开了,"赵柚说,"我现在对她只有一个模糊的印象。家里也没有她的照片,我只能想象她的样子。"

我的身体早已冻僵了,可我一动也不想动。我靠在冰冷的树干上,看着将我们包裹的一天之中最稠密的夜色。没有灯光,只有月亮和黯淡的星光。万物都变作了淡漠的影子。双手和耳朵几乎失去了知觉,脑袋也浑浑噩噩。我看着从口鼻中不停喷出的白烟——在这样的夜晚,它似乎成了我们依然活着的某种证明。

"你回去吧。"赵柚说,"不适应森林的人,在这里过夜会得伤寒的。"

我冻得几乎说不出话来。我舔了舔干裂的嘴唇,就像在舔两片冰冻的鱼皮。这时,一件什么东西从我头顶落下,正好落到我面前。是一条叠好的厚毛毯。

"没有毯子你不冷吗?"我说。话虽如此,我早已下意识地用毯子紧紧裹住身体。

"用不着。"赵柚说,"它是专门给你这种误入森林的家伙准备的,我平时都拿它当枕头。"

"不是'误入'。"我抗议道。

有了毯子,我的身体渐渐恢复了知觉。赵柚不再说话,看来真的是睡着了。冰凉的空气中弥漫着某种清淡的香气,不知是哪种植物散发出来的。黑暗压迫着我的眼皮,大地似乎在缓缓旋转。新的一天迟早会到来,不是吗?我放心地阖上了眼睛……

4

翌日中午,我准时来到树荫公园。

前一天晚上的寒冷在我的身体中还未完全消除。我坐在其中一把长椅上晒太阳,等待阿栗的到来。阳光一点点伸出触角,覆盖在积雪上面,让它们融化。我看到积雪化成水蒸气升到天空去。它们上升得很慢,似乎还有些犹豫,这是因为阳光还不太强烈的缘故。

我坐在长椅上,一动也不想动。太阳的触角放在我的脸上和大腿上,也一动不动。

我和阳光就这样安静地坐了一会儿。

之后,那些野猫从灌木后面钻出来,向我走过来。它们又肥又大,眼睛像珠子,身体里储存了足够过冬的能量。它们围拢在我脚下,喵喵地叫着,想要一点吃的。可我什么也没有,为此我感到有些难堪。

它们叫了一会儿,然后就散开了,一下子变得无精打采的,纷纷躺在草坪上晒太阳,样子很慵懒,有的甚至露出了毛茸茸的肚皮。跑步器里落满了雪,证明已经很久没有野猫进去减肥了,为此我又有些担心起来。

我走过去,拿起跑步器,将里面的雪倾倒出来。还好,里面没有结冰。然后我把它拿到阳光充足的地方,让那些触角解决掉剩余的雪。

这些都做完后,我回到长椅上,继续安静地坐着。

又过了一小会儿,我听到了熟悉的脚步声。那脚步声踏在草丛上,很轻柔,正朝我走过来。我没有转头。我喜欢这个时刻,我希望它久一点,再久一点。

脚步声在我身旁停住了。

"对不起,我来晚了。"阿栗说。她坐到我身旁。"一个老奶奶过来开药,我忘了药放在哪里了,找了半天。"

她仍穿着那件白色的工作服。她总是把工作服洗得很干净,像初雪一样洁白。她拿出一小袋面包屑,撒到草坪上。野猫们很快凑过来,伸出柔韧的舌头,舔舐地面上的面包。

阿栗从挎包里拿出一个小饭盒,打开,里面是两个苹果馅饼。

"哎?"她转过头看着我,"你没有带饭吗?"

我这才意识到自己两手空空。"忘带了……"我有些窘迫地说。

"你这人真是,明明说好来野餐,自己却什么也不带,算了,我分你一点好啦。"说着,她用手拿出一个馅饼,"给。"她笑着递过来。

我接过苹果馅饼,拿在手里。透过外面的面饼,隐隐看到里面红色的苹果酱。

"幸好我还带了这个。"她又从挎包里拿出另一个小饭盒,打开后,里面是金黄色的炸玉米饼。香喷喷的味道立刻吸引了刚刚舔完面包屑的野猫,它们纷纷凑上前来。

"早上炸的,可惜现在有点软了。"她咬了一小口,仔细咀嚼。

此时,阳光毫无保留地照在她的身上。积雪在我们周围缓慢地融化。野猫蹭着我的脚。我默默地吃着她带来的苹果馅饼和炸玉米饼。时间正一点点穿透我们的身体,从来不曾停歇。我可以看到它们,却无法形容。吃着美味的炸玉米饼,我竟产生了想哭的冲动,还好及时止住了。

"他喜欢什么样的生日礼物呢?"阿栗喃喃自语道。

"谁要过生日?"我收住情绪,问道。

阿栗回过神来,脸颊微微泛起红晕。"啊,是慕医生,"她放下没吃完的馅饼,抱起一只野猫,把它放在腿上,"过几天就是他的生日。你说男人喜欢什么样的生日礼物呢？"

野猫伸出舌头，贪婪地舔着她手指上残余的果酱。

"我也不清楚。"我说，"他都喜欢什么？"

"他这个人每天就知道看那些医学书，"阿栗苦笑道，"难不成要送书吗？"

"我还从没种过医学类的书。"我说，"不知道好不好种。"

阿栗笑了起来。阳光下，她的笑容好似永远不会消逝。

"对了，"我说，"我记得你提过，药房一直缺人手？"

"是啊。"阿栗点点头，"怎么了？"

"我想帮你介绍一个人，只是需要你们提供住宿。"我说。

"没问题。"阿栗放下那只猫，认真地说，"药房后面正好有一间空房，只要不嫌弃就好……什么时候能来？"

"还不清楚。"我说，"只是突然想起来，提前打个招呼。"

"确定下来了就跟我说啊。"阿栗笑着说。她把吃剩下的炸玉米饼捏成一小块一小块的，扔在草丛中，然后盖上饭盒，放回挎包里。

正午就这样过去了。野猫们发出酒足饭饱后的哈欠声。

第六章

1

又是一个清早。必须承认,我对早晨有近乎痴迷的好感,那是万物都以崭新的面貌迎接我的时刻。清晨的阳光也是最干净的,照在皮肤上,就像用最舒服的浴巾轻轻地擦拭。我从警局走出来,呼吸一口新鲜的空气。积雪已经融化得差不多了,小镇上的居民自发地将道路打扫得很干净。雪堆在道路两侧,像一只只小山丘,有人堆了雪人,并且摆上桌子,要和雪人小酌几杯。

我骑上自行车,朝"犀牛之翼"的方向骑去。空气很顺畅,没有丝毫阻碍。

到了"犀牛之翼",守林人和"长官"已经站在门口准备好了,此外还有两个身强体壮的服务生。他们都背着旅行包,仿佛是要去冬游。"长官"戴着一顶好看的宽檐帽,穿着棕色紧身夹克,显得意气风发。

"咱们什么时候出发?"他问我。

"现在就可以走。"我说。

"太好了。""长官"吹了一声口哨,以表示行动正式开始。

我们正要出发时,李尔气喘吁吁地跑了过来。"这么有意思的事怎么能落下我呢?"他站住,喘着气,手里提着一只单肩挎包。我看了看守林人,又看了看"长官"。不用说,一定是阿京告诉他的,他的嘴就像漏风的窗子,一向不严。

"你来做什么?"我对他说。

"跟你们一起去森林找古代帝王留下的秘密宝藏。"他说。

"你说什么?"

"玩笑而已。"他不在意地挥了挥手,像在轰一只苍蝇。他的手指还因为上次的烫伤缠着细绷带,"我知道你们是去找那头狼。"

"看来阿京那家伙都告诉你了。"

"我绝对不会透露是他告诉我的。"李尔将挎包扛在肩上,那里面似乎没多少东西,"你们正要出发是吗?请继续,我跟在后面就行。"

我双手交叉,放在胸前。

"这不是去旅行。"我说,"没人知道会发生什么。"

"别啰唆了,"李尔不耐烦地说,"我是志愿者,你没有权力阻拦。"

李尔就是这样,只要是他认准的事,是不会轻易改变的。我只好不再理会他。我对守林人说:"森林里的情况你最熟悉,帮忙带路吧。"

"那是当然。"守林人手里攥着那把油乎乎的猎枪,眼中难掩兴奋。是啊,守林人平时的工作是枯燥无味的,类似这样的行动他一定期待很久了。

"出发!"我说道。

白天的森林与夜晚的完全不一样。如果说夜晚的森林是一个隐藏了无数秘密与可能性的奇异之境,那么白天的森林就显得很是萧索无趣了。我们踏着早已风干的厚厚的落叶和枯枝,向森林的深处进发。冬天的树木呈现出荒凉景象,仿佛内部已经被严寒挖空,只留下一具空壳。最开始,大家都全神贯注,不放过任何蛛丝马迹,一点点风吹草动都会戒备起来。而随着时间流逝,眼前全是单调重复的景色,最初的新鲜感很快过去。除了守林人外,我们每个人多少都有些松懈下来。

"长官"从背包里拿出几瓶水,分给我们。即使是白天,森林里的寂静也和夜晚一样无边无际,但和一般的寂静不同,森林里的寂静包含了无限的细节,当然,这其中也包括了随时有可能降临的危险。这是一种并不稳定的寂静。

按照守林人的路线,我们已经走了很久。没有发现任何与狼有关的线索。"长官"走在我前面,他的步子很快,体力像小伙子一样,稍慢一点就赶不上他。

李尔和我并排走着。自从进入森林,他还没说一句话,这很不符合他的风格。一路上,他若有所思地闷头往前走。我知道他在想什么,只是不太好开口去问。

到了一块开阔的草地,守林人建议我们休息一会儿,因为"还有很长的路要走"。草地上有好几块大石头,像从地里长出来似的。我们或靠或坐,在石头周围休息,吃点东西。

"莉莉最近怎么样?"休息时,我问李尔。

"我们已经好几天没见面了。"李尔面无表情地说,"自从上次那件事发生后。"

自从那天以后,我也没有见过李尔。总之,一切都乱糟糟的。

"你俩怎么了?"

"我把照片给她看了,她很生气,说我跟踪她。可是明明是她先做了对不起我的事,不是吗?反正我们又开始吵架,她把我赶了出去,说不想再见到我。这几天我都守在附近,陈眠那小子也没有来找过莉莉。"

"那你打算怎么办?"

"不知道,我们经常吵架,都是走一步看一步。不过这次的情况确实有点不同,我还没想好该怎么处理。"他沉吟了一会儿,又说:"我想,还是要有个了结。"

"了结?"我问,"什么了结?"

李尔没有立刻回答。他凝视前面的树林,眼神里却一片迷茫。半晌,他说:"我想跟陈眠决斗。"

我以为我听错了。"决斗?这都什么年代了。而且,你想怎么决斗?"

"还没想好。"李尔疲惫地摇了摇头,"决斗嘛,反正就是你死我活的那种。"

"别做傻事。"我警告他。

他转过头,意味深长地盯着我的眼睛。"我知道,他也是你的朋友。你在中间很难办。"

"你俩都是我的朋友。"我说,"我不希望任何一个人受到伤害。况且,我的职责也不允许我这么做。"

这时,守林人走了过来,对我说:"咱们出发吧?"

我点了点头。于是,我们继续往前走。林子里的光线与外面不太一样,我们无法准确地辨认时间。那是一种黯淡的青色光辉,笼罩着森林。守林人告诉我们,这是死去的时间的颜色。"时间也是有新陈代谢的,"守林人说,"死掉的时间就会变成这种青色的荧光,沉淀在森林里。"

我们在死去的时间中穿行。

守林人不时停下来,蹲下身仔细观察着,但是并没有什么收获。没有发现狼的脚印,也没有狼的粪便,什么都没有。"继续走吧。"守林人说。这似乎是一次无望的行动,至少从其他人的眼中我看到了这一点。据说狼是很敏锐的动物,或许它早已发觉了我们,躲到任何人都找不到的地方去了。森林里气温很低,李尔已经开始牙齿打战了。

"年轻人们,""长官"忽然感慨道,"这里让我想起了一些往事。"

"老年人总是会有很多往事。"李尔一边搓着手和耳朵,一边说道。我悄悄地捅了捅他的腰。李尔瞪了我一眼,不吱声了。

"那还是在我当'总统'的时候。""长官"没有在意,接着说道。他的话引起了所有人的兴趣,就连守林人也放慢了脚步,想要听得更清楚些。

2

"我从一出生就很有钱,""长官"说,"因为我的父亲和爷爷都是有钱人,他们赚钱很有一套,就好像是为钱而生的,我想这是我们家族的遗传。他们热衷于海底探险、收购古堡、收集远古生物遗骸等等娱乐方式,这当然都需要钱才能办到。可这种遗传到了我这里却失灵了,或许这也预示了我们家族未来的灾难。我从小就对钱没有兴趣,甚至看见钱就反胃,闻到钱的味道就恶心。我的父亲为此忧心忡忡。在我小学的时候,他为我安排了家庭教师,专门讲解钱的好处和意义,讲我能生在这种家族是何其幸运,以及没了钱是多么可怕的一件事。可我就是不感兴趣,所以长大以后,我不顾家里人的反对,去当了兵,主动申请到了很远的地方。

"我发现军营才是更适合我的地方。真的,那种集体的生活、荣誉感、冒险性,都是我此前从未体会到的。尽管很累,但我每天都过得很充实,很快乐,现在回想起来,那也是我人生中最快乐的时光。我可以跟战友们称兄道弟,可以随便拍拍任何一个人的肩膀,这在我们那讲究社交礼仪的家庭是不可想象的。那时我被派去执行了很多危险的任务——跟歹徒武装作战,或者去经受天灾的地方救援。有好几次,我都死里逃生。那几年,我几乎与每天都围着钱转的家族分道扬镳了。我表现得很不错,军衔升得很快,按照那些老兵的说法,我简直是坐上了火箭。因此,在我像你们这样年轻时,就已经有人管我叫'长官'了。"

说到这里,"长官"停了下来,而我们全都屏息凝神,等着他接着说下去。他扫了一眼我们,笑着说:"看来我讲故事还是挺有一套的。"然后,他继续说起来:

"就在我以为人生将一直朝着这个方向走下去时,我突然接到了家里的通知,说我的父亲死了。他死得很蹊跷,开车直接从山崖冲了下去,可所有人都知道,他开车一向很小心,甚至连他的手下都笑他开车像乌龟爬。就是这么一个人,却因为车祸而死,真是让人觉得荒诞。不管怎样,他确确实实死了,而我是父亲独子,要去继承他庞大的遗产和事业。

"说实话,父亲的死我并没感觉多难受。怎么说呢,我和他的感情很淡漠,因为从小我几乎不怎么见得到他,他总是很忙碌,而见面时又总是跟我说一些大道理,所以我们的关系虽然一直很和睦，可是从不亲密。

"你们可能要问，我为什么没提我的母亲。是的，因为我的母亲在更遥远的地方经营着事业，和父亲一样，我就没见过她几次。我们家族的人好像全都这样。为了劝说我回去继承父亲的财产，她专门从国外赶回来，亲自来军营见我。还有我年迈的奶妈，也过来劝我。最后，我经不住劝说，只好申请退役，回了家。

"但我对生意完全不感兴趣。我们的家族在我继承后开始四分五裂，因为我什么也不想管。据说，我的叔叔伯伯们为了争夺家族的控制权打得不可开交。但这些跟我没什么关系。我每天无所事事，去世界各地旅游，购买房产，吃喝玩乐，醉生梦死。即使如此，我还是有用不完的钱。与军营的生活相比，我每天都过得很空虚，我住在宽敞的房间里，连说话都会有回声。我的心空落落的，难受得想死。我想，难道我的一生就要这样过下去吗？我感觉自己像是陷入了泥沼中，只能慢慢烂掉。

"没错，我尝试过自杀。我觉得我的人生已经提前过完了，留在了军营中。就在这个时候，有个人救了我。那个人就是我的奶妈。

"奶妈来自大洋上的一个岛国。那个国家很小，就算你拿放大镜在地图上找也未必会留意到。她年轻的时候，家里因为得罪了岛上的酋长，被迫流亡国外。后来在因缘巧合下，成了我的奶妈。从小到大，她是我最亲的人。那天，她来到我的办公室，欲言又止。我问她什么事。她犹豫了很久,终于对我说了那件事。原来,她的国家由于酋长的倒行逆施,导致反抗四起。她的儿子回国参加了反抗组织,现在被酋长的军队围困在某个森林里,生死未卜。她希望我能想办法救他。

"在她的诉说中,我突然感觉有什么东西照亮了我,那是某种久违的东西,可以让我摆脱目前的泥潭。我立刻答应了她。我马上开始行动。我用我的钱,秘密在岛上组建了一支装备精良的部队。我很有经验,也有人脉,所以没费多长时间。时机成熟后,我潜入岛内,作为部队的领袖,解救了奶妈的儿子,并且开始与酋长的军队作战。"

天不知不觉地黑了下来。我们点燃了篝火,围坐在火堆前,继续听"长官"讲述他的故事。李尔小声嘟囔道:"傻子才会相信他说的这些事。"

森林只要到了夜晚,就会黑得很彻底。我们吃了带来的罐头。除了李尔,我们都热切地注视着"长官"。李尔摇了摇头,走开了。

死去的时间像雾一样围绕在我们四周。

"我的部队推进得很顺利。那段时间,我似乎又回到了军营岁月,与战士们同甘共苦,为了共同的目标,即使再危险也从不退缩。当然,其实从专业的角度看,酋长的军队并没有什么战斗力……我们很快攻占了酋长的大本营,这也意味着这个国家的历史翻开了新的一页。

"酋长没了,我被推选为这个国家的第一任'总统'。那时,我和一个女孩结了婚,战时她曾担任过我的翻译员(后来我学会了岛上的语言,而她则一直留在了我身边)。她实在太美了,而且非常善良。我真的很爱她,可以说,她是我这辈子唯一真正爱过的女人,即便到今天,我也可以肯定地这么说。

"有一段时间,我在岛上过得很快乐。我是总统,推翻了残暴的酋长,人民歌颂我,爱戴我,无论我走到哪里,人们都用鲜花迎接。而我的妻子,温柔又体贴。除了处理公务,别的时间我们都腻在一起。那时我坚信,我们永远都不会分开。"

"长官"闭上眼睛,似乎听凭自己沉浸在对往事的回忆中。火焰静静地燃烧,不时发出噼啪声。我们都缄默不语。良久,"长官"擦了擦眼角,露出笑容,说:"不好意思,现在我继续讲。

"时间过去了很多年。渐渐地,生活开始变了味道。越来越多的政务压得我喘不过气,而且,岛上的政治斗争愈演愈烈。当我发现时,已经到了不可开交的地步。怎么会变成这样?我也总在反思我自己,或许是我不太会处理人与人的关系,或许是我的头脑太过简单。总之,各派为了利益钩心斗角,使我疲于应对。我发现自己好像又回到了当初那个空旷的房间里,好在,身边有妻子陪伴我。她不停地鼓励我,说不管有多艰难,都会坚定地站在我这一边——她喜欢管我叫'犀牛',这是岛上的瑞兽。她说我会像犀牛一样勇往直前,并且有好运气。

"有了她的支撑,我决定主动做出改变。我开始进行改革,削弱各派的权力……可我想得还是太简单了,我发现不知不觉中,我已经被架空。我决定重新夺回一切。就是从那个时候起,一切都变得无比混乱。我终于意识到,再也不会回到曾经为了共同的目标而并肩作战的时光了。人心的复杂让我反胃,就像我小时候看到钱那样。

"我永远记得那天早上。我起床,要去主持一个重要的会议。我的妻子,轻柔地搂住我的肩膀,对我说她昨晚做了一个梦,梦见我真的变成了一头犀牛,只不过我的后背上还长出了一双翅膀。'那画面实在太不可思议了,'她说,'你高高地翱翔在天空中。我想我会永远记住这个梦。'

"我吻了她,就去开会了。我刚走进会议厅大门,就被几个士兵摁倒在地,那个人——我奶奶的儿子——走过来,宣布废黜我的总统职务,但由于我曾经的功绩,不会要我的狗命,而是将我驱逐出境。就这样,我被流放了。这一切来得太突然,恍如梦境,直到我坐上船离开时,才意识到这是一场政变。

"那天以后,我再也没有回到过那座岛屿。后来我得知,我的妻子,那个美丽而善良的女孩,为了不被叛军俘虏,用枪自尽了。我和她的故事,永远停留在了那个早上。

"之后,我用剩下的钱置办了一些产业。其中就包括这家'犀牛之翼'。我想它会是一个纪念,纪念我曾经拥有过的一段岁月。"

"好了。""长官"说,"我的故事讲完了。"

3

次日一早,守林人来到我的帐篷里。"这样下去不会有结果的,"他摇着头说,"一点线索也没有,一点气味也没有。如果那头狼真的存在的话,它隐藏得太好了,而森林又太大了,我们几个人找它,就像大海捞针。"

守林人的话其实正好和我内心隐秘的想法一致。"那就回去吧。"我说。

于是我们一行人开始踏上归途。

"你相信'长官'讲的故事吗?"路上,李尔悄悄地跟我说。他点燃一支烟,与我一起走在队尾。我看到守林人在一个树墩前停了下来。

"你要当侦探吗?"我打趣道,"调查一下故事的真伪?"

"无所谓啦。"李尔吐出一大口烟,"我只是觉得一个酒馆的老板竟然是一个被流放的总统,这也太不可思议了。不过,故事就是故事,的确没有必要深究。"

我们说话时,我一直注意着守林人。只见他蹲下身,掏出一把小刀,一点点将树墩切下薄薄的一层。完事后,他拿着切下来的那层木片，吹掉上面的木屑。他拿着它，像拿着一只木头盘子。

守林人走过来，来到我跟前。

"送给你。"他说，"这是最天然的木纹唱片。"

"唱片？"我拿过"木头盘子"，反复瞧看。不论我怎么看，它也只是一层薄木片而已。尽管在某些方面确实与唱片有相似之处：都是圆形，上面都有细细的纹路。只不过木片上面的纹路是年轮。

"拿回去试试。"守林人笑着说，"上次你送给我那本书，这次就当是我回赠的礼物。"他指的是那本《卡拉马佐夫兄弟》，他不提起，我都快忘记了。

我对他道了谢，但心里还是一片茫然。这玩意儿真的可以当唱片听吗？

"这可是难得的自然之声啊！"守林人似乎看出我的疑惑，重重地拍了拍我的肩膀，走到前面去了。我将"唱片"夹在腋下。

"练习得怎样了？"我对李尔说。

"练习什么？"李尔愣了一下，随即反应过来，"唉，最近事情太多了，我都没顾上。不过你不用担心，我的技术是没有问题的。放心好了。"

"无意义节"迫在眉睫。我不知道现在想这个是不是有些不合时宜。比它要紧的事还有很多没有解决。可是对于我来说，它真的很重要。我希望能够认真对待它。

到了中午,我们走出了森林。"长官"转过身,对我们说:"各位,要不要来我的酒馆喝一杯?我的嗓子现在快要干死了。"

他的提议得到了我们所有人的赞同。我们来到"犀牛之翼",挨着坐了下来。我点了一杯"在流放地",李尔点了一杯"沙漠甜心"。

"虽然我对故事的真伪保持怀疑,"李尔趁"长官"上厕所时,对我说,"但这次来到'犀牛之翼',确实与平日感觉不太一样了。"

"这可能就是故事的威力。"我笑着说,"它可以给一些原本司空见惯的东西重新赋予意义,焕发出不一样的神采。"

"可是对于虚构的东西,我还是希望敬而远之。"李尔慢慢地喝着酒,"现实的东西让人觉得踏实,而虚构的东西总是让人不那么踏实。"

"你刚才说得很对。"我说,"故事就是故事,没有必要深究。对于这个世界而言,虚构与现实都缺一不可。"

"你现在说话越来越玄乎了。"李尔一口气喝完了剩下的酒,"不过我太喜欢这个酒了,现在我感觉自己变得很轻很轻,如果我不扶着桌子,我随时都会飞起来。"

夜晚降临了。我回到屋子里,没有脱衣服就躺在床上。我喝了不少酒,胃开始隐隐作痛。没有找到狼,对于我们来说有些遗憾,但我内心深处也隐隐感到庆幸。或许本身就没有狼吧,是守林人看错了也说不定。或许,是其他类似狼的动物,再或许,那头狼确实来过,只是现在离开了。我躺在床上,感觉四壁在缓缓旋转。

躺了一会儿,旋转慢慢消失了。我强迫自己直起身,在抽屉里找到了几片胃药,烧了一壶水,准备冲花粉冲剂喝。我不知道现在几点了,我只知道,现在我一点也不想睡觉,我甚至坐在打字机前,写起诗来。当然没有写成。水开了,我冲了花粉冲剂,喝下去感觉清爽多了。

我无所事事地在椅子上坐了很久。外面又开始刮风。我起身检查了一下窗户是否关严了。接着,我打开装萨克斯的盒子,把萨克斯拿在手里。我盯着已经有些褪色的萨克斯的管身,犹豫良久,才吹响了第一个音符。

这把萨克斯是父亲给我买的,是他送给我的生日礼物。他自己也有一把。我们经常一起练习萨克斯。由于扰民,我和父亲不得不深夜偷偷潜入附近一处废弃的工地。曾经有一段时间,我的兴致很高,能练到后半夜。我和父亲对着残破的砖头,对着生锈的铁管,对着星星,不知疲倦地演奏心中最美妙的乐曲。

可是很快我就厌倦了。我的进步很慢,父亲的水平比我稍高一点,但也有限。我不再想出门练习,宁愿睡觉。父亲虽有些失望,但并没有责备我。

我不知道为什么会想起这些。我有些心烦意乱,一曲未完就放下了。这时,我看到了守林人给我的"木头唱片"。它真的能够发出声音吗？我将它搁在唱片机上，放下唱针。唱片机开始转动起来。最初，是一阵嘈杂的声响，好像某种动物的爪子在使劲挠门板。就在我以为守林人在耍我时，真正的音乐开始了。

这是一种我从未听过的音乐。初听像某种植物拔节生长、钻出土壤的响动。窸窸窣窣的。慢慢地，音乐开始成形。我意识到这是森林里所有声音的集合——水的流动，昆虫的叫声，风声，落叶飘落的声音，雷雨声……只不过，这些杂乱无章的声响被一种独特的形式组织了起来，变成了有序的乐曲，进入我的耳中。

我的房间里立刻充盈了"森林之声"。

在音乐的帮助下，我的心情很快松弛下来。我关掉唱片机，重新试了试演奏萨克斯。比刚才好了很多，可是仍不尽如人意。

"请问这是什么乐器啊？"一个男人的声音突然从窗外传来。

"谁在那里？"我吓了一跳。

"过路的人而已，无意中听到了，忍不住过来问问。"那个声音说道。

"是萨克斯。"我说。

"萨克斯。"他低声重复了一遍，"真是独特的声音啊，我从前没有听过。"

"您喜欢吗？"

"很喜欢。麻烦再演奏一曲，可以吗？"他问。

我觉得奇怪，但并没有拒绝。我试着吹了一曲保罗·德斯蒙德的《云雀》。

"真是好听。"曲毕,那人说。

"谢谢。"

"只不过……"他沉吟了片刻,说,"里面好像有某种不确定的东西。"

"不确定的东西?"

"没错。我不知道该如何形容。就是一种在迷宫中穿梭,找不到出口的感觉。总之,你好像对自己的演奏没有多少信心。"

"嗯……"我想了想,"我的技术不好,确实没什么信心。"

"虽然我无法明白技术之类的东西,但应该与信心不太一样。怎么说呢,其实我对信心为何物也不太了解,不过打个比方的话,河流就是很有信心的东西。"

"河流?"

"是的,当然只是我个人的感觉。河流一直不停地流,没有生命,也没有目的,只是一直在流。但我站在河边时,感觉它非常有信心。"

"我不太明白。"我说,"河流本来就没有心,没有生命,谈何信心呢?"

"是啊。"他哈哈大笑起来,"你说得也是。"

外面的风仍旧刮个不停。我对窗外的人说:"外面的风太大了,您进屋休息一下吧?"

"不必了。"那人说道,"我还要赶路。跟你聊天很愉快。再见。"

我走出门外。那人已不见踪影。我在门口站了一会儿,看着风把树木吹得东倒西歪。然后,我关上了门。

4

又是阴沉沉的一天,我从家里出来。云层被风吹得像车辙一样,一道一道地散落在天边。风从海面的方向吹来,我拉紧了领子,没有骑自行车,慢吞吞地往前走。鬼使神差地,我拿上了那一摞诗稿。我为什么要这么做?谁也无法解释。似乎是我觉得它们放在抽屉里太久了,应该出来透透气。或许,我是希望它们能见识一下外面真实的世界。

风很强,我不得不使劲地用胳膊夹住稿纸,否则它们就会四散奔逃。没走几步我就后悔了,但我没有回头,还是硬着头皮往前走。风吹得我睁不开眼睛,可这风也使我头脑清醒——我喜欢冬天的原因之一,就是冬天使我感到清醒。

我来到海边。海浪显得沉甸甸的,翻滚着,发出巨大的咆哮声。看不到船,也看不到冬泳的人。我沿着海岸线走了一段路。我爬上一块礁石,坐在上面。海面很空旷,水沫不断地溅到我脸上。而在我脚下,海浪猛烈地拍击着礁岩,海水也变成了白色,像是牛奶。我坐在礁石上,读了几首稿纸上面的诗。这些矫揉造作的句子真的是我写的吗?我感到屁股下面的礁石正微微震颤,似乎随时都会崩塌。

不得不说,在这片海、这块礁石、这条永无止境的海岸线面前,稿纸上的句子软弱无力,像死掉的蚯蚓标本,令人恶心。我为什么会写下它们?它们究竟有何价值?这是我无法回答的问题。当我走下礁石时,心情不免变得很糟糕。

我意识到,在那些个夜晚,黯淡的灯光下,我自以为花费心血写下的东西,此时除了使我感到羞耻外,没有任何意义;我自以为是在向一个璀璨壮丽的宇宙倾诉,实际上,却是如此虚假。它们在我的手里,被风吹得颤抖不已。我为什么不松开手?难道我还想挽回什么?当这个念头冒出时,我的手已经松开了。它们立刻像断了线的风筝,飘荡在我的头顶上,被看不见的风撕扯着,身不由己。

就这样吧。我想。现在我急需去喝一杯。于是我加快了脚步,朝海鸥餐厅的方向走去。这时我有点后悔没有骑自行车了。路还有很远。

途中,我经过了那片"记忆博物馆"。

"记忆博物馆"位于一处海角的深处,人们可以将自己想要忘掉、却又不想直接扔掉的东西储存在这里。博物馆的工作人员(其实是由几个水手兼职的)会将那些东西装进可以隔绝海水的容器中,沉入水下。每样东西都会有一个浮标,上面标注编号,浮在水面上。这样你随时都可以凭那个号码再把东西取回来。

我盯着海面上的那些浮标——密密麻麻，像某种飞速繁殖的海生植物。

旁边一个年轻水手正百无聊赖地趴在躺椅上，看着上下翻飞的海鸥。看到我来了，他立刻从躺椅上下来，说："警官先生，要来储存记忆吗？"

"不用了。"我说。然后我又想了想，补充道："我可能过几天再来。"

"随时恭候！"他重新回到躺椅上。

不知为何，我的心情好了一点。或许是看到这里有这么多人们情愿忘掉、但又割舍不了的东西，使我的烦恼变得微不足道了。

在海鸥餐厅附近的一处岩石下面，我捡到了一只蓝色海螺。它是纯粹的天蓝色，几乎没有杂质，美丽极了。我被它的样子迷住了。我将它贴在耳朵上——里面传来空洞的海浪的声响。看来这是一只没有被人使用过的海螺。这个发现使我重新振奋起来。我希望把它看成是命运对我的某种提示。

5

我来到药店。赵柚正坐在柜台后，拿着一个白色小本子默念着什么。她穿着白色的工作服，淑静地坐在五颜六色的药品包装盒之间。空气里还是那种恒定的药味，这种味道闻多了总有一种催眠的功效。很多次，我都想在药店里好好睡上一觉。或许也是因为这里能够让我真正放松下来。

我径直走了过去。赵柚抬起头，面无表情地冲我点了点头。

"很快进入状态了嘛……你在读什么？"我靠在柜台前，笑着问道。

"药品信息，还有摆放的位置。"她专心地盯着小本子，回答道，"这几天我要背熟。"

"哦……"我无聊地用手指敲击着柜台的玻璃，环顾左右。药店里只有我们两个人。

"阿栗姐不在。"她头也不抬地说。

"哦，哦……"我突然不知道该说什么。柜台的玻璃擦拭得一尘不染，阳光在玻璃上留不下任何痕迹。不知为什么，我总觉得药店里的阳光与其他地方的不一样。这是一种黄橙橙的光，好像橘子瓤的颜色。

"她跟慕医生出去吃饭了。"说完，赵柚合上小本子，闭起眼睛，开始默背起来。

我找到一把椅子坐着，等待阿栗。尽管我不愿去想，可我的脑子里还是浮现出了昨晚的画面：我拿着那只蓝色的海螺，坐在打字机前不知所措。那个时候，我才意识到我的语言是多么匮乏。我想对阿栗说的话听起来毫无诚意。

我究竟要说什么？

那只海螺放在桌上,浸泡在昏黄的灯光中,令我苦思冥想。我想了很多表达的方式,但最后又都被我一一否决了。我彻夜难眠。海螺里的海浪声在这样寂静的时刻隐隐约约传进我的耳朵里。我想了很久很久,直到后来,我觉得自己真的非常可笑。

天已经快要亮了。地平线露出微弱的太阳的光芽。大地微微震颤,等待着日出的时刻。我决定选择最简单的方式。于是我拿起海螺,冲着里面的海浪声,说道:"阿栗,我爱你。"

从此,这个海螺里除了海浪,又加入了我的声音。我连忙捂住它,不敢再听。我想如果我听到那句话,我自己会先崩溃掉的。可是,阿栗听到后会是什么反应呢?也许她觉得十分突然,惊讶得说不出话;也许她会生我的气,觉得我太过鲁莽。当然,最好的结果是她能够接受我的心意……

带着忐忑的心情,我强迫自己睡了两个小时。

现在,倦意袭来,我很想趴在柜台上,再眯一会儿觉。可我知道一定是睡不着的。赵柚默背完,又重新翻到本子的第一页,继续念起来。

"喂,"我说,"你平时都喜欢做些什么?我很好奇。"

"读书,打工。"

她总是惜字如金,从不愿多说一个字。

我知道自己又自讨没趣。不过好在我给这个稍显怪异的女孩找到了药店的工作,而且提供了住宿,这样她就不用天天晚上住在危险的森林里了。我也免去了那份担心。

"啊,你来啦。"

我回过头,看到阿栗和慕医生一起走了进来。"你来多久了?"她笑着问我。今天她的心情似乎很不错。我感到药店的空气都为之一振。

"我也是刚刚才到。"我说。赵柚微微抬起头,看了我一眼。她当然知道我其实已经等了一个多小时。

"没有让你久等就好。"她像一只小兔般迅捷地脱下外套,换上工作服。而慕医生已经走到柜台后面,悄无声息地读起厚厚的医书来。他和赵柚的在场使我感到有点不自在。

我压低声音,对阿栗说我想请她坐热气球。

"天气预报说明天的风速很好,气温也不错。"我说。

"好啊。"阿栗说,"我很久没有坐热气球了,正好……"她迅速地往慕医生的方向瞅了一眼,也压低声音说:"正好我也有事情跟你说。"

"是吗……什么事?"我问。

"明天再说吧。"

"好的,那明天见。"

"明天见。"

第七章

1

　　这是我们的第二次正式排练,地点依然是徐福那座临河的二层小楼。徐福今天的状态不错,坐在客厅的沙发上,跟我们愉快地聊天。他似乎很期待这次排练,他那能演奏出钻石般美妙乐曲的双手早已跃跃欲试了。可是李尔却迟迟不来。我和徐福喝了两杯松子调制的南瓜汁。

　　"这小子究竟怎么回事?"松子在客厅的地毯上无声地走来走去。她穿着一件黑色衬衫,裤子也是黑色的。就连她的指甲油也是黑的。

　　我看向窗外,心中有些不安。那条小河依然在缓缓流淌,在阳光的映照下,散发着鳞片般的反光。我忽然想起了那个没见到面的男人,他说的关于"河流的信心"之类的话。我起身走到门口,在那里抽了一支烟。我凝视着河流。

　　这时,我看到李尔拎着装乐器的盒子远远地走了过来。一瞬间，不知是不是我的错觉，我感觉他的脚步异常沉重，就好像后面拖着铁链子似的。

"不好意思，让你们久等了。"他来到门口，吸了一口气，"咱们开始吧？"

"我还以为你不来了。"松子说，"别急，先喝一杯南瓜汁再排练。"

李尔坐到沙发上，看起来很疲倦。我和徐福对视了一眼，决定先不说什么。松子将南瓜汁送到李尔面前，他没有抬起头，只是有气无力地说了声"谢谢"。松子也看出了不正常，不过我们都很有默契地没有多说什么。

"好了，那就开始吧。"我说。

"好的，我都等不及了。"李尔拖着沉重的步伐，第一个朝楼上走去。

"你的小号。"松子提醒道。李尔这才发现他忘记拿他的小号了。"啊，真是抱歉。"他连忙返身，拎起他装乐器的盒子，跟着我们一起上了楼。

在排练厅的时候，李尔蹲下身，像放慢动作一般打开盒子。他似乎下了很大的决心、费了很大的劲儿才拿出那把小号。他今天的状态不太对，这我和徐福都意识到了。

"你没事吧？"我走过去，轻轻拍了一下他的肩膀。

"一点事也没有。"他笑了一下，转过头去。

"那好吧，咱们开始。"我说。徐福已经坐在钢琴后面，双手悬在琴键上方,准备好了。说实话,他的这个动作真的很有魅力,我忽然知道松子为什么会喜欢上徐福了。

"等一下。"李尔说。接着,他环视了一下房间。"这个屋子太憋屈了,"他说,"不如我们去外面排练吧?"

"去外面?"我愣了愣。

"没错,外面,河边。今天天气多好啊。"

"那钢琴怎么办?"

"反正也只是二楼,咱们三个,加上松子,完全可以搬出去。"李尔坚持道。

我看了看徐福。他点了点头,大度地表示可以。

于是,我和李尔在前,松子与徐福在后,我们摇摇晃晃地将钢琴从排练室抬了出来。下楼梯时,松子抱怨道:"你们排练非要搞得这么复杂吗……"

李尔咬紧牙关,一声不吭。

到了外面,我们活动着发酸的双手和肩膀。李尔走到河边,盯着河面,不知在想些什么。

排练开始了。是肯尼·多罕的《我的理想》。先是徐福的钢琴声慢慢响起,应和着流水,真是美妙极了。我闭上眼睛,享受着这一切。然后,我的萨克斯进入。没有想象的那么糟。徐福向我投来鼓励的目光。

该李尔的小号了。只见他将小号对准嘴巴,就那样静止了一小会儿,又缓缓地放了下来。我和徐福也停了下来。

"怎么了？"我说。

李尔苦笑着摇了摇头，走到河边坐下。空气里好像有某种东西幻灭后的味道。

"我演奏不出来了，"他面对着河流，轻声说道，"我失去了激情。我完了。"

"你在胡说什么？"我确实有点生气了，"不就是莉莉……"

"没错，就是莉莉。"李尔说，"她一直不愿意见我。我第一次开始认识到，她是不是真的不再爱我了？"

"再过一段时间就会好的。"我迟疑地说。

"对不起，"他说，"耽误排练了。可是我觉得自己空空如也，什么也吹奏不出来。那些音符在天空乱窜。平时我有把握让它们为我所用，但是现在，我没有了把握。"

我们不知该说什么。美好的阳光照在身上，而我们却变成了阳光下的阴影。此时唯有河流在我们旁边不疾不徐地流淌着，似乎注定要流入一个虚无的所在。

"那你打算怎么办？"半晌，我问道。

"这一切一定要有个了断。"李尔说。

"不要做傻事。"我说，"难道你真的要找陈眠决斗？"

他站起身，拍了拍屁股下沾着的枯草。"我一定会找他的，"他喃喃自语道，"一定会的。"

下午是我和阿栗约好一起坐热气球的时间。我早早赶了过来。上午那不太愉快的排练很快被我抛到脑后了。我去附近的小超市买了一些吃的,装在一个袋子里。里面还有那只蓝色海螺。我准备在恰当的时候拿出来。

阿栗还没来。负责热气球的是一个胖胖的中年女人。她总爱笑眯眯地看着顾客,因此她的生意一直很不错。在风和日丽的日子,如果不提前预约是很难租上热气球的。

热气球就放在平整的草坪上,只要一点火,随时可以起飞。我望了望天空。太阳正在缓缓下沉,一部分的云层被染成了赭红色。到了约定的时间,阿栗仍没有到。

"要开始吗?"那个女人问我。

"再等一等,"我说,"有一个人还没到……"

"好的。"负责热气球的女人为难似的搓了搓圆滚滚的手掌,"不过如果半个小时内还不起飞,就得让给别人了……"

"我知道规矩。"我有点烦躁地挥了挥手,"可不是还有半个小时嘛。"

说话间,我看到阿栗远远地走了过来。她今天戴了一条米色围巾,显得很愉快。她一看到我,连忙小跑过来。

"唉,都是我不好,又迟到了。"

"没事的,反正我们也不着急,你说是不是?"我转向旁边的女人。

"是啊是啊。"负责热气球的女人笑呵呵地说。

我和阿栗登上热气球。那个女人检查了一遍设备，确定没问题后点燃了火焰。热气球缓缓地飘离地面。地面上的景物越来越小，我的心却跳得越来越快。为了缓解紧张，我从袋子里拿出一罐啤酒，喝了起来。

阿栗兴奋地望着周围的景色。到了上空，风开始变得有些大了，吹动着她的头发。"真是太美了。"她冲我笑了笑，裹紧了围巾。

此时的小镇仿佛微缩成了一幅油画。云朵出现在四周，我们可以清楚地看到里面流转着细小的水滴。阿栗伸出手，似乎想要将云朵握在手中。

"太阳落山的时候会更美。"我说。不知不觉间，天色已暗，夕阳染红了天际，仿佛火焰一般。海水波光粼粼，如同破碎的镜子般向四面八方映射着光芒。海面上的船只渺小如一枚枚落入水中的叶子。我们欣赏着这一切。有一段时间，我们谁也没说话。

我转过头，看着阿栗。阳光映照在她洁净的面容上，夕光映照着她的脸也红彤彤的。这一刻，我感觉眼前有些晕眩。天空比我想象中要寂静得多。耳边没有了嘈杂的声音，只有呼呼的风声，还有我和阿栗各自的气息。

热气球驶进了一朵云里。不知是不是光线的缘故，这朵云是粉色的。

我拿出了海螺。

"这是送给你的礼物。"我说。

"哇,太漂亮了。"她接过海螺,抚摸着上面的纹理,"你在哪里找到的?"

"就在海边。"

"你可真幸运,我从来没有找到过这么美的海螺。"她看起来很高兴,"非常感谢。"

"你有没有在里面说了什么?"阿栗眨了几下眼睛,然后把海螺贴向耳朵,"让我听听。"

我急忙阻止了她。"等一会儿再听吧,"我觉得舌头仿佛不听使唤了,"等一会儿……"

"好吧。"她停顿了片刻,说,"正好我也要告诉你一件事。"

"什么?"

她低下头,将一缕头发缠绕在手指间。

"慕医生接受我了。"

"接受?"我问,"什么接受?"

"就是……我们俩在一起了。"阿栗忽然变得羞涩起来,"我一直都很喜欢慕医生,但一直不好意思说。前几天趁着给他过生日,我忍不住就表白了。没想到,他说他也喜欢我很久了,昨天还送了我这条围巾……"

后面的话我没有听清楚,因为我的耳朵里响起了一阵莫名的嗡鸣。我赶忙捂住耳朵。

"你怎么了?"阿栗关切地问道。

"没事,"我说,"可能有小虫子飞进了耳朵里。"

"呀,我忘记带镊子了。"

"已经没事了。"

我们又陷入了沉默。太阳正在下落。从这个角度看过去,海面仿佛沸腾了起来,而周围的天空更是燃起了熊熊烈火。这应该是世界上最壮丽的景观之一吧?我不禁想到。天色迅速暗了下去。再过一会儿,就是夜晚了。

我深吸了一口气。

"那祝福你。"我说。

"谢谢。"她低下头,盯着手中的海螺,"我们是最好的朋友,是不是?我的父母都不在了,所以我想把这个美好的消息首先告诉你……"

夜幕降临,我们开始返回。地面愈来愈近,很快,我们又回到了现实生活里。

"今天真的很愉快。"阿栗说,"谢谢你送我的礼物。"

"实在抱歉,"我干咳了两声,"其实我想送你的不是这个礼物,我才发现不小心拿错了。能不能允许我拿回来?"

"哎?"她困惑不解地望着我。

我不由分说地从她手中夺回了海螺。我不敢看她的眼睛,匆匆地离开了。直到走出去好远,我才意识到我甚至忘了跟她说声再见。

2

我在酒馆里,这个星球上众多酒馆中的一个。在我的面前,是各种颜色的酒瓶,它们在朦胧的灯光下散发着令人恍惚的光芒,好似钻石的切割面。我趴在桌子上,感受着脚下地面的漂移。我好像站在一艘船的甲板上。我必须紧紧地扶住桌角,才不至于被惊涛骇浪甩出去。这个夜晚,我的眼前晃动着模糊的人影,他们像是放慢了动作,我可以看到他们身后拖着长长的影子……

音乐声像缥缈的蝴蝶,在我耳边忽远忽近。所有的事物似乎都解体了,分解成众多的粒子,在我周围飘来飘去。这里面也包括了音乐。音乐的粒子不停地撞击着我的耳膜。这是什么?我强迫自己集中精神,让粒子回归到应在的位置。渐渐地,我听出来了,那是查特·贝克的《我可笑的情人》。

他用少年的嗓音,在我耳旁轻轻歌唱着……

"你醉了。"一个人在我耳边说道。

我努力睁开眼睛。一开始,我看不清对面那个人的轮廓,他分解成了好几道互不重叠的影子。我使劲摇晃了几下脑袋,又揉了揉眼睛。我想,这个时候如果有一包花粉冲剂就好了。影子慢慢重合,我终于看清坐在我对面的是"长官"。

"很少看你喝这么多酒。"他看着桌子上的酒瓶,"啧啧"了两声,"遇到什么难办的事了?"

"没有……"我努力寻找舌头的位置,"只是想喝一点。"我莫名其妙地笑了起来。

"不管遇到什么问题,酗酒可不是个好办法。"他露出那种长辈特有的关怀的微笑。

"遵命,总统先生。"我说。我感觉身体的一侧有一群人很嘈杂,像是在吵架。我皱起眉头,尽力扭过头去。脖子僵硬得像一块石膏。

"那是附近矿场的工人。""长官"说,"有时他们会过来喝酒。声音是喧哗点,但他们都是老实人,从不惹是生非。"

我知道那个矿场,每天都在昼夜不停地挖掘着什么。据说,是钻石。传闻中,小镇的地底有一座钻石山,吸引了许多开发商前来一探究竟。但是,很多年过去了,从来没有人真正挖出过钻石。开发商们自觉受骗,纷纷离开。我来小镇时,已经只剩下一家矿场还在锲而不舍。

我们脚下真的有钻石吗?我闭上眼睛,凭意念想象自己穿透厚厚的地层,朝坚硬的地下世界挺进。那一定是孤独的旅程。与黑暗为伴,忍受着全然的孤寂与危险,时间久了甚至还会出现幻觉。直到有一天,伸手不见五指的黑暗中,忽然闪烁着点点光亮,仿佛是地下的星光。那会是钻石的颜色吗……

我又要了一瓶"沙漠甜心"。几杯下肚后,眼前的物体开始扭曲。幻觉出现了。我看到酒馆里所有女人的脸都变成了阿栗,而所有的男人则变成了慕医生的模样。就连坐在我面前的"长官",也成了其中一个"慕医生"。

无数的"阿栗"和"慕医生"在我四周走来走去,说说笑笑。

"喂喂,"我喊道,"这种幻觉我可不想要啊……"

"什么幻觉?"我对面的"慕医生"笑着问。

"能不能稍微控制一下幻觉的内容?"我挣扎道。

"爱莫能助。"对面的人说,"这种酒只负责提供幻觉,但无法控制幻觉。"

他笑了起来。我觉得他的笑声越来越虚幻不实。困意袭来,眼皮变得异常沉重,我不得不闭上了双眼。所有的意念都无法聚集起来,就像溶化在水中的纸团。我只知道,我是在酒馆里,这个星球上众多酒馆中的一个……

当我清醒过来,我已经来到了外面。我什么时候离开酒馆的?我完全记不得了。现在,我不知自己身处何处。凉风吹来,我身体里的酒精却再次苏醒过来。眼前的事物全都拧成一团一团的,在我眼中打了无数个结。于是我干脆再次闭上眼睛,听凭身体指引我。我不知道自己最终会走到哪里……

真的,当我醒过来时,我几乎忘记了自己的语言。我可以看清眼前的一切,却不知道该如何形容。我大口地呼吸了几下冷冽的空气,又慢慢吐出来。脑子如同一个停电的街区,此时,灯光终于一点点亮起来,恢复供电了。我发现自己正躺在草丛中。

四周是高大的树木。这些树木在夜晚的雾气中呈现出一种幽暗的蓝色。我的头嗡嗡作响,伴随着时断时续的疼痛,仿佛有人在里面鼓捣什么东西,假如我摇一摇,就会有零件从里面掉出来。这太荒谬了。我决定先坐起来再说。

我发现自己的身上盖着一条棕色毛毯。我直起身,看见赵柚正在旁边盘腿而坐,借着一盏灯泡的光亮看书。灯泡的电线插在一只南瓜里。

"你醒了?"赵柚说。她并没有看我。

"我怎么会在这里……"我叹了口气,使劲揉了几下太阳穴。

"你醉倒在了森林里。"她说,"不省人事。"

我觉得浑身酸痛无力,一股寒意在身体中乱窜。我紧紧地将毛毯裹在身上。

"你怎么还在这?"我问,"你不是应该搬进药店住了吗?"

"如果不是我及时发现,现在你可能已经被冻死了。"她把目光从书本上移开,瞥了我一眼,"冬天的森林不是闹着玩的。"

"你这语气像在教训小孩。"

"我只是在陈述事实。"她翻过一页书,平静地说道。

我感到极度的口渴,与此同时,我感觉自己变成了一块冰,就算裹上了毛毯依然寒冷刺骨。我开始不受控制地哆嗦起来。

"你怎么了?"她皱了皱眉头。

"冷……"我说,"特别冷。"我的牙齿在明显地打着寒战,差点咬在了舌头上。

"糟了。"她合上书本,神情严肃地说,"你可能得了恶性伤寒。"

我听不懂她的话。只知道身上更加寒冷了,仿佛掉进了一座冰窖里。我好像没有穿衣服,走在风雪交加的夜晚。为什么会这么冷?我第一次产生了绝望,我想我可能就要死在这里了。我想要的是热量,无穷无尽的热量。

"还能走路吗?"她走到我面前,扶住了我的一条胳膊。

我试了试。两腿早已冻僵了,关节处也如同生了锈。不过,在赵柚的搀扶下,我还可以勉强站起来。我试着迈出一条腿。

"你的身体很冷。"她说,"这恐怕是很严重的一种伤寒,说不定会死掉。"

话虽这么说,可她的语气却格外冷静,甚至可以说是冷漠。就好像在嘱咐我"胃不好的人不要喝凉水"一样自然。

"是吗?"我觉得寒意正在侵蚀我的大脑,"真的会死?"

她没有回答。我们一点一点往前挪。我不知道她要带我去哪里,也没有问。我完全听从她的安排。在某个岔路口,她说"左拐",我们就往左走去。只不过,我可以看得出我们并不是在往森林外面走,相反,似乎正在朝森林更深处进发。难道不应该送我去医院吗?我不禁产生了这样的疑问。但是我完全没有了发问的力气。身体里的寒冷好像把我本已所剩无几的力气蒸发掉了。我只好听天由命。

林子里的光线更加昏暗了,道路也变得逼仄起来。树枝不停地划过我的脸,我却连伸手挡一下的力气都没有。"尽量快一点,"她催促道,"晚了可能真的会死掉。"

我拼尽全力,加快脚步。我的一条胳膊搭在她的肩膀上,几乎整个人都靠在她的身上。我们的身体紧紧地贴在一起,那是我唯一能够感受到些许温度的地方。我有些庆幸平时吃得不算太多(毕竟胃有毛病),人不算胖,否则她如何承受得住?即使如此,我已经可以感觉出她呼吸急促了起来,看得到她的额头渗出了汗水。

这条长长的林中小路似乎永远没有尽头。我的意识开始变得恍惚。我竟然产生了这样一个念头:如果我真的这样死去,似乎也不算太坏……

终于,她停下脚步,说:"到了。"

我抬起头,凝神观看。只见森林中不知何时出现了一座屋子,奇特的是,月光下这座屋子竟散发着幽光。走近了,我才看清楚,屋子竟然是用冰做成的。除此以外,它和普通的房子没有任何区别,有门,有窗,当然也有屋顶。

一座"冰屋"?

"我们进去吧。"她说着就要搀我进去。

"等一下。"我挣扎着说道,"确定要让我进这坨冰里吗?"我感到周身的寒意更强烈了。

"没错。"她坚定地说。

我只好跟着她进入冰屋内。出人意料的是,屋子内部却非常温暖。没错,就仿佛一下子从寒冬进入了春天一样。屋子里有张床,也是冰做的。她让我躺在上面。床很暖和,根本不用盖被子,暖意源源不断地输送到我体内。我感到身体里的寒冰正在融解。

"睡一会儿应该就好了。"她说。

我的呼吸开始变得平静。我闭上双眼,安静地躺着。一种从未有过的安宁包裹着我,如此熟悉,又如此陌生。这是一种遥远且模糊的记忆,温暖而空旷。时间不再流动,是的,这里仿佛就是时间的尽头……

我再次醒来的时候,屋外依然是纯粹的夜色。冰屋是透明的,不用窗户也能看清外面的景象,只是像加了一面透镜,外面的事物显得扭曲不真。我盯着上方那透明的天花板——星辰的光正在上面缓慢流转,如同酒杯映衬在昏黄的灯光下。安宁的感觉围拢着我。如此温暖、踏实,我一动也不敢动,生怕稍有动作,就会破坏这里微妙的平衡。

星光舒缓地流泻进来,像一勺蜂蜜正渐渐溶入水中。

"这是哪里?"我问。我有点怀疑自己是不是在梦中,然而我并不想打破这个梦。

赵柚正坐在一把冰制的椅子上看书。听到我的话,她缓缓抬起头,对着我说:"这里是'死'。"

"'死'?"我听到了自己的回声,竟感到非常陌生。这里的一切都是那么虚幻不真。

"这也是别人告诉我的。"赵柚说,"这个地方很少有人知道,除非是那些对森林很熟悉的人。"

"这间冰屋是谁建造的?"

"没有人知道。"赵柚将书本放在冰制的书桌上,"我只知道,它本身就在这里,是超现实的事物——它是用一种特殊的东西建造起来的。"

我从床上坐起身。可以感觉出,伤寒几乎完全从我体内消散了。我走下床,站在屋子中央。一股奇怪但温和的力量在我的身体里涌动。

"我感觉很舒服……"我看着我的双手,沉浸在一种莫名的幸福感中,"真是不可思议。"

我低头看了看脚下的地板——当然也是"冰"制的。我重新坐回床上。

"真是一个好地方,"我说,"你的父亲一定找不到这里。"

"对于那个人,"赵柚说,"我才不在乎。"

必须承认,她身上有一种令我恐惧的东西——或许是与她的年龄不相匹配的某种力量。

"你为什么这么恨他?"

"我不是恨他。"赵柚说,"是不想与他有任何关系。"

"嗯……"

"从我出生开始,那个人就认为我不应该存在。"她接着说,

"他从小就跟我说,我的出生是一次意外,他们本来没打算生下我。是我的母亲坚持将我生了下来。'自打你一出生,我的生活就变得一团糟,是你毁了我。'——每回他喝醉以后,都会对我这么说。不过实情可能也确实是这样的。我小时候的记忆都是他们无休无止的争吵、打斗,还有伤痕累累的母亲抱着我痛哭的场景。而我母亲,她经常会在夜晚把我从睡梦中摇醒,对我说'你知道我为你付出了多少吗''你长大一定不要辜负我啊'之类的话,她是那样歇斯底里,使我很恐惧。'我或许真的不应该存在吧,好像他们都很痛苦。'——这是我当时的想法。"

她讲述这些事情的时候,表情依然是冷漠的,好像在说一件与己无关的事。

"后来我听别人说,他们是私奔来到这个小镇的,断绝了与家庭的联系,几乎放弃了一切。但是那又怎么样呢?难道他们可以将这一切怪罪到我的头上吗?难道他们反抗生活的方式,就是毁掉另一个人的人生吗?我不明白他们为什么要生下我,如果他们当初不做这个决定,起码这个世界上会少一个人承担他们的痛苦。"

她的手微微颤抖起来。我很想走过去,握住她的手。但是我没有这么做。

她很快平静了下来。

"有一天晚上,她叫醒我对我说:'对不起,这样的生活我实在受够了。妈妈也希望能够得到幸福,你应该能理解妈妈吧?'

当时她的话使我莫名其妙，加上又很困，我只能不住地点头。后来才知道，那天晚上她跟一个水手私奔了。说那些话的时候，她已经决心要抛弃我了，将我独自留在那个人身边。"

一束白色的光从透明的屋顶照在书桌上，没有丝毫杂质。我们盯着这束光看了很久，就好像它可以给出所有问题的答案。

"天快亮了。"赵柚看了看屋顶，"白天这里会变得冰冷刺骨，我们还是现在离开吧。"

我看着她的眼睛，点了点头。

于是，破晓之前，我们一起离开了这里，离开了这个被称为"死"的地方。

3

回到住处后，我有一种恍如隔世的感觉，发生在森林里的一切都像是一场梦。我连喝了三杯花粉冲剂，又用冷水洗了脸，然后，我躺在床上，一下子不知道要做什么。大脑里嗡嗡作响，很多念头四分五裂，无法成形。我盯着天花板上的裂缝，忽然意识到满脑子想的都是赵柚的面孔。她看书时的样子，说话时的语气，诉说身世时的淡淡苦涩，以及她与我对视时的眼神……这究竟是怎么回事？我应该走出门，让冷风吹一吹我的脸。

我回到书桌前，给打字机装上稿纸，很快地写了一首诗。

本来，我以为自己不会再写这种东西了。写完后，我读了两遍，心情略微平静了下来。我把它放进抽屉里，点燃一支烟。还有很多棘手的事情在等着我。

今天的气温并不算很低。我骑车到瀑布旅馆时，后背竟微微冒出了汗。瀑布旅馆，顾名思义，紧邻着一座瀑布，只不过因为是冬天，现在的瀑布水很少，可以说已经称不上瀑布了，而是一条小溪。我走到"小溪"前，往水潭里投了一枚硬币——据说这样可以获得好运气。

我走上三楼，敲响了门。陈眠睡眼婆娑地开了门，看到是我，他睁大了眼睛。

"怎么也没提前跟我说一声……"他穿着有些凌乱的睡衣，头发也乱糟糟的，眼睛里布满熬夜产生的血丝，与平日判若两人。

他的房间倒是井井有条，衣服按颜色与类别挂在衣柜中，其他生活用品也整整齐齐地码放着。"酒还是茶？"他问我。

"随意吧。"我说。

"你每次都这样……"他有些不满地嘀咕道，转身走进卧室。过了很长时间，他拿着一瓶"在流放地"走了出来，此外，他还换了一件干净的蓝色衬衫，头发也梳得很平整了。

酒还剩下半瓶，我们分着喝了。喝酒的时候我们很有默契似的沉默着，只有瀑布的水声不时传入我们耳中。

"你是想来看看我是不是还活着？"他放下酒杯，突然说道。

"为什么这么说？"我差点呛到。

"李尔那家伙不是一直说要找我决斗吗?"陈眠面色冷峻地说,"我想,他打听到我的住处应该不难吧?"

"确实不难。"我点点头。准确地说,应该是非常简单。小镇本来就很小,尽管可能不情愿承认——但很多东西确实一目了然。

"他打算什么时候来找我?"他的语气明显变得紧张起来,"他告诉你了?"

"没有。"我苦笑,"我来只是想知道事情到底怎么回事。"

"就是这么回事。"陈眠站起身,焦躁地在沙发前走来走去,"我喜欢莉莉,莉莉也喜欢我……难道莉莉是他的私人物品吗?"

"但是你给他的惊喜确实太大了,也太突然。"

"我知道,我知道,可是这种事,谁也控制不住……"他的声音黯淡下去,摇了摇头,"他真是一个野蛮的家伙……"

"那你打算怎么办?"

他停下脚步,看着我。"我知道你们也是朋友,"他深思熟虑地说,"我们两个人之间,你一定很为难该支持谁吧?"

"我不是这个意思。"我对他说,"我来是为了让事情不要朝冲动的方向发展。我希望有一个你们都能接受、但又不会有人受到伤害的办法。"

他若有所思地点了点头,坐回沙发上。

"那你说怎么办?"他问,"我都听你的。"

"你能不能主动退出?"我试探地问。

"让我主动认输吗?"他愤怒地说,"为什么不是他退出?他和莉莉又没有结婚,我们都有公平地追求莉莉的权利!"

"好吧。"我站起身,"我知道你的态度了。"

"那你有什么解决的办法吗?"他也跟着站了起来。

"放心。"我拍了拍他的肩膀,"我会解决好这件事的。"

"谢谢你。"他放松了不少,"你不再坐一会儿吗?哦,对了,等一下……"他小跑进卧室,不一会儿,从卧室里传出查理·帕克《地下世界》里的曲子。

"多么美妙绝伦的作品,"他从卧室里走出来,倚在门边,陶醉其中,"天才的演奏。只有帕克可以让我暂时忘掉那些垃圾书、野蛮人,甚至还有女人……"

我们安静地听完了一整首曲子。

"好了,"我说,"我必须要离开了。我还要去李尔那边一趟。"

"希望你顺利,朋友。"他说,"就让帕克留下来陪我吧。"

在海鸥餐厅,我见到了李尔。他正坐在一张空桌子旁喝闷酒。他看上去很孤单,几只海鸥在他的头顶盘旋、呼啸着。从前,我在海鸥餐厅看到他时,都是他跟莉莉坐在一起嬉闹。而现在,他像个老头子一样自斟自饮。我叹了口气,走了过去。

"今天天气不错。"我径自在他旁边坐下。

"是啊。"他看了一眼天空,阳光直射下来,他微微眯起眼睛,

"美丽的一天。"

在他手边,是一盘刚刚吃完的凤梨炒饭,还剩下一些残渣。他将盘子推远一些。一只灰色的海鸥瞅准了这个机会,俯冲下来,稳稳地站立在桌面上,朝盘子里啄食。李尔茫然地看着那只脏兮兮的海鸥。

"我的未来是一只灰色的海鸥。"他低声说道,"我记得你写过这句诗。"

"这确实是一句诗。"我说,"可惜不是我写的。是普拉斯。"

"这不重要。"他闭上了嘴,看来是准备使自己陷入沉默之中了。我及时中止了这一过程。我说:"你看看自己现在都成什么样子了?"

"我丧失了激情。"他说,"没有激情,我就是一个废人。"

"就是因为莉莉?"我说,"那你打算怎么办?"

"我希望这事能有个了结。"

"决斗?难道没有更好的办法?"

他扭过头,看了我一眼。"这是很简单的办法,赢的人可以得到莉莉,输的人主动退出。公平公正。在骑士时代,人们都是这么干的。"

"可是骑士时代都已经埋进黄土里了。"我说。

"那你有其他方法?"

"让你猜对了。但是你要听我的话。"

"先说来听听。"

于是，我告诉了李尔我的想法。听完后，他摸了摸下巴，点了点头。"这倒是一个很新颖的方法，而且也够公正。不过，总觉得这种办法不够过瘾。"

"你是害怕输掉吧？"我笑了笑，"我看出你对自己没有把握。"

"怎么会，"他扬起手，轰走了那只海鸥，"我相信莉莉内心深处还是爱我的，我有这个信心。我都迫不及待了。"

不知为何，我却有一丝被刺痛的感觉。这种感觉毫无来由，并且倏忽而逝。但是它确实让我的情绪一下子低落起来。看着李尔又恢复成了平日里那副跃跃欲试的样子，我在心里对自己说：你管得是不是太宽了？你最该操心的不是别人，而是你自己。

"是的……"我自言自语道。

"你说什么？"李尔问。

"没什么，"我说，"事情能够和平解决，我很高兴。"

"要玩牌吗？"他从口袋里摸出了一副牌，"我可以把红桃2让给你。"

"它很大吗？"我根本不知道这是什么玩法，似乎是他跟莉莉自创的。

"它不是最大的，"李尔一边洗牌一边说，"但它很重要。"

第八章

1

  我看着那只蓝色海螺。它悲伤地待在桌子上。隐约的海浪声从里面传出来,在这个夜晚显得更加孤寂。我已经打定主意,明天就将它存进"记忆博物馆"。

  风呼呼地吹着,夜色浓重。我讨厌这种伤感的氛围。我拿出乐器,吹了一小段。我尽量使自己吹得毫无感情色彩。

  "你好像很伤心。"一个男人的声音在窗外响起。

  "又是你?"我说。

  "又是我。"那个声音回答道。

  不知为何,这个神秘人的出现让我低落的心情稍微好受了一点。

  "你怎么知道我很伤心?"我问。

  "从你的音乐中。"他说,"虽然我不懂它,但是音乐可以传递出内心深处最真实的想法。这个有时是掩盖不了的。"

"你说得对。"我说。我放下了乐器,坐到椅子上,身体向着窗户的方向。

"你还是不想进来坐坐吗?"我问。

"算了,"他说,"我习惯这样的对话。"

"你究竟是谁?"

"我谁也不是,"他笑了起来,"我只是一个在跟你聊天的人。"

"你说得没错。"我说。

"我还听出了点别的什么,让我想想……"他沉吟道,"没错,是一种游移不定。你好像不相信这个世界上有什么确定的东西存在。"

"是的,"我承认,"当我的岁数越来越大,好像确定的东西反而越来越少了。有时我甚至觉得根本就没有确定性,它只是一种幻觉……我不知道是不是所有人都是这么想的。"

"真的吗?"他问,"真的没有什么可以确定的东西吗?"

"嗯……"我想了想,"或许我太绝对了。毕竟这座屋子,外面的树林,还有天空中的星星,这些都是确定无疑的。再怎么样,我都无法否认它们的确定性。"

"可是它们并没有给你带来安慰。"

"我不知道……"我觉得太阳穴在微微跳动,"思考这些东西让我头痛。"

"是啊,"他感叹道,"人拥有一颗会思考的头脑,也并非是十足幸运的事。有时像动物一样头脑简单一点可能会更好。"

"你的想法倒是很新颖。"我说,"我也时常想,人类的情感既是神圣的,但同时也是某种负担。"

"还是回到最开始的话题吧。"他说,"你真的不相信世界上有确定不变的东西吗?"

"这太绝对了……"我犹豫道。

"那你觉得有什么可以算是确定无疑的事物呢?"

我陷入了思索。其实,当他抛出这个问题后,我第一个想到的竟然是父亲。

"我想到了我的父亲。"我决定坦诚相告。

"为什么?"

"在外人看来,他很软弱,甚至是个怪人,沉浸在自己的世界里不可自拔。但是,他的内心世界在我看来比任何人都要强大。这或许就是灵魂。我可以在他的身上找到灵魂存在的某种证明。那是一种非常确定的东西。对于自己所热爱的东西坚定不移的信念。或者说,是一种相信'世间有这么一种信念存在'的信念。"

那个场景又浮现在我脑海:深夜,废弃的工地,父亲和我彻夜不休地练习着萨克斯。

"什么是灵魂?"

"在我看来,灵魂就是那些确定无疑的、不会随着外界因素而改变的东西。"

"可是,这会不会只是你一厢情愿的幻想?"他说,"我发现人总是喜欢美化自己的过去。"

"你说得没错。"我说,"我可能确实是美化了过去。可是你又怎么确定现在就比过去真实呢?很多事情需要时间才能看明白。身处此时此刻的我们反而是懵懵懂懂的。"

"你说得没错。今晚的交谈很愉快。"他说。

"我也很愉快。"我冲着窗口笑了笑,尽管他看不见。

窗外只剩下风的呼啸声。我知道他已经离开了。我将乐器放回盒子里,上床睡觉。树枝拍打着窗子。这一宿,我睡得很踏实。

第二天一早,我骑着自行车来到海边,将蓝色海螺存进了"记忆博物馆"。几分钟后,我如愿拿到了一个编号。从此,这段记忆就变成了一个号码,放在"博物馆"里的某个角落。我站在一块褐色的礁石上,俯视着海角。那上面密密麻麻的浮标,为我展示着一段又一段记忆,一个又一个想要被遗忘的故事。它们安静地浮在那里,似乎在等待着随时被打捞。

我走下礁石。

天气好的时候,礁石会呈现出不同的颜色。当然,这样的情况是比较少见的。今天恰巧就是其中之一。我接连走过天蓝色、黑色、墨绿色的礁石,几乎迷失在礁石的色彩中。我看到两个孩子正在玩纸飞机,互相扔来扔去。我一眼就认出那是我扔在这里的诗稿,它们如今从孩子的手里起飞,飞向湛蓝的天空。

不知不觉中,我来到了码头。依然是来来往往的人。我双手插兜,倚在一根木头柱子前,站了一会儿。陌生的人们在我身边穿梭,他们之中大部分人注定从此消失在我的生活里。而我也一样,在他们的生活中只是过客中的过客。大家匆匆打一个照面,随即分离,在以后的岁月里也不会回忆起彼此。

这就是生活的本质。

那些所谓"确定无疑"的事物,只能是根植在我们内心深处的童话。就像那个永恒的开头:"很久很久以前,有一个王国……"

我朝拉松的住处骑去。

拉松比我上次见到时更虚弱了。他现在甚至比我还要瘦,双颊深陷,睡衣空荡荡的,仿佛包裹着的只是一副骨架。屋子里弥漫着空气不畅和酒精的味道。在卧室里,最引人注目的是一把奇特的"椅子"——从外形上看,这是一把椅子无疑,但它被许多复杂的电线和零件"武装"了起来,成了椅子里的怪物。在椅子的最上方,还有一只头盔一样的东西。

拉松面带微笑,正坐在这把椅子上。

"这是什么?"我问。

"时光机。"拉松说,"我成功了,祝贺我吧。"

我再次打量这把椅子,却毫无头绪。我对机器这一类的东西一窍不通。

"它和普通的椅子有什么不一样吗?"我问。

"当然，"他说，"我给你演示一下，你就明白了。"

说着，他系上了一条皮带，将自己与椅子固定在一起，然后将那只头盔扣在脑袋上。头盔用许多线路连接在椅子里，看上去完全浑然一体，散发着幽冷的光。鬼知道拉松是怎么鼓捣出这种东西的。

接下来，他调试了几个零件，又按下两个按钮。空气中传来嗡嗡的声响，好像某种力量在悄然聚集。这种声音使我不安。拉松看着我，说："好好看着……"不等他说完，我听到了近似于电线漏电时发出的噼啪声，同时空气里有一股焦糊的味道。更可怕的是，拉松开始抽搐起来，显然电流正在通过头盔刺激他的大脑。他现在看起来像犯了羊痫风一样。

我不知道该如何阻止，也找不到电源在哪里，只能眼睁睁地看着这可怕的一幕。几分钟后，电流声渐渐消失了，拉松也逐渐恢复了正常。

"你在做什么？"待拉松回过神来，我急忙问道。

"这是我一辈子最伟大的发明。"拉松喘着粗气说道，"通过这台'时光机'，我可以回到过去那些美好的时光……"

"我记得你总是说，美好的时光已经过去了。"我疑惑不解。

"没错，但是现在，它们又回来了。"

"我不明白，完全不明白。"我摇了摇头。我确实是一头雾水。

"很多记忆储存在我们的脑海中，"拉松说，"但是凭借我们自己的能力去回忆，记忆总是模糊不清的，干巴巴的，它们无法像现实一样真实，甚至还不如梦境逼真……于是我发明了一种方法，就是用电流刺激脑部神经，激发那一部分记忆。在电流的帮助下，记忆完全被激活了，我可以像回到过去一样去重新经历那些记忆。那些场景是如此真实，就好像我真的回到了过去一样……"

这下我明白了，拉松所谓的"时光机"其实是借助电流刺激大脑，让回忆变得真实起来。可是，看到拉松刚才的样子，我觉得这不是一件令人高兴的事。

"你都看到了什么？"

"我又看到了我的妻子，她就站在我的面前，我伸手就可以触摸到她……我们像以前那样钓鱼，去森林里摘野菜，坐热气球……她对着我笑，我拉起她的手……一切都没有改变，我们仍然幸福地生活在一起。"他闭起眼睛，沉浸在美好的记忆中，"就在刚才，我们站在桥上，一条鱼跃出水面。她对我说她爱我，永远爱我……只可惜电流通过的时间太短了，这是需要改进的地方……"

"可是……"我一时不知道该说什么，"可是，我觉得它很危险。"

"世间哪里有完全不危险的东西？"

"而且你最近看上去状态很不好，我不知道是不是跟这台机器有关……"

"你这次来究竟有什么事？"他烦躁不安地打断了我。

这段时间,拉松确实性情大变,他以前是很温和、理性的。对妻子的怀念与回忆已经快把他压垮了。这个可怜的人。

"我来是想借那台心跳测速仪。"我说。

"就在这里,"他指向一个纸箱子,"自己拿吧。"

我拿出了心跳测试仪。这是拉松众多发明中的一种,可以用心跳的频率测试情侣或夫妻间的爱情程度。只不过,当初它刚一发明出来就遭到了小镇居民的抵制,以"破坏家庭团结"的罪名被雪藏至今。我道了谢,离开了。

在我关门的一刻,我看到拉松又要开始启动机器。可那根本不是什么"时光机",明明是一把"电椅"。我不忍心再看电流通过时拉松的样子,赶紧关上了门。

在树荫公园。我等着李尔、莉莉和陈眠。但愿今天是一个了断,所有乱七八糟的事都可以在今天得到解决。我坐在长椅上,等待着他们。野猫们四仰八叉地躺在阳光中,惬意地晒太阳。其中一只正在跟一根树枝过不去。它不断蓄力,然后一跃而起,抓住树枝又啃又咬。其他的猫则静静地看着它。

第一个来的是李尔。他穿着一件灰色大衣,还戴着墨镜,像电影里的黑帮。

"你怎么这身打扮?"我说,"今天又不是来交易毒品。"

他沉默不语,在我身边坐下。他没有摘下墨镜。

"那个家伙还没来?"他轻咳了两声,问道。从他的语气中,我可以听出他其实很紧张。

"还没有。"我说,"莉莉也没有来。"

他的嘴唇动了动,但没有说话。我们就这样沉默不语地坐着。"你今天准备用什么方法决定胜负?"过了一会儿,他问。

"肯定是让你们心服口服的办法。"我说。

"那就好,"李尔说,"这段日子太折磨人了。我每天都想着这件事,什么也做不好。"

"你还练习小号吗?"

"非常糟糕。我和小号的关系从来没有这么紧张过。"

说话间,莉莉走了过来。我已经很久没有见过她了。李尔条件反射般地站起身来。

"你来了?"他摘下墨镜,眼睛周围有明显熬夜过后产生的黑眼圈。

莉莉没有说话。她转过身,抱起一只猫,玩耍起来。

李尔尴尬地站了一会儿,重新坐回长椅上。

"明明是她先移情别恋的,"他小声对我嘀咕道,"却好像是我错了一样……"

"你说什么?"莉莉转过身,怒视着李尔。

"你的耳朵总是这么好使。"李尔露出一副皮笑肉不笑的表情。

"你出去找其他女人的时候还少吗?"莉莉质问道。

"喂喂，不要把这些混为一谈。你怀疑我的那些事都是你的猜想，或者说幻想，是无中生有。可你和陈眠的事我可有真凭实据。"

"是啊。"莉莉冷笑着说，"我可不像某人那么有城府。我这么傻的人就只能任人欺负。"

"好了好了。"我觉得必须要说几句了，否则他们会永远这样吵下去。野猫们竖起耳朵，饶有兴致地看着眼前这出好戏。

他们都窝了一肚子气，谁也不再理谁。

"那家伙怎么还不来？"李尔抱怨道，"他是不是不敢来了？"

树荫公园里阳光明媚。我坐在长椅上，闭着眼睛。如果没有这么多糟心的事，这将是多么美好的一天。我的脑海中不合时宜地闪过阿栗的脸庞。一丝痛苦紧紧攥住了我的心。

"他来了。"李尔说。

我睁开眼，只见陈眠远远地走了过来。现在人终于凑齐了。

"好了，说说你的那个解决办法吧。"莉莉说。

我点了点头，拿起放在草丛上的心跳测速仪。"就是用这个，"我说，"语言是可以欺骗人的，但身体却很难。我的想法是，莉莉跟你俩分别手牵手对视一分钟，谁使莉莉的心跳加速最快，就证明莉莉心里最爱谁。"

我说完后，一时间，他们谁也没说话。

"这倒是很新颖……"陈眠犹豫地说。

"嗯，很公平。"李尔紧张地看了莉莉一眼。

"莉莉,你觉得呢?"我问道。

莉莉看了看我手中的心跳测速仪,又看了看我。

"这就是你所谓的'最好的解决办法'?"她交叉双臂,摇摇头,"实在太荒谬了。"说完,她转身离开了。留下我们三个在原地目瞪口呆的男人。

"她……就这么走了?"我感到难以置信。

"看到了?"李尔耸耸肩,"她就是这么怪。"

"这一定是有原因的。"陈眠说。

李尔瞪了一眼陈眠,对我说:"看来事情不会这么轻易解决。不过还是要谢谢你,毕竟你这个办法很有创意。"说完,他安慰似的拍了拍我的肩膀,好像在说:"不要气馁。"好像此时需要安慰的人是我。

2

最近一段时间,我的胃又开始不舒服起来。所幸,天气不再像之前那么冷了。我变得不爱出门,每天都在屋子里烤着火炉发呆,或者坐在书桌前发呆。状态不错的时候我能写下几个句子,可随即我就会想:它们究竟有什么意义?然后对它们兴味索然。

说实在的,十多次的退稿对我还是造成了一定影响。说没有影响那是骗人的。如果我写下的这些东西注定没有人喜欢看,那我写作的意义是什么呢?如果是为了愉悦自己,写作和喝啤酒又有什么不同呢?我真的不想再去思考这些狗屁不是的问题。

是的,还有很多迫在眉睫的事等着我处理。首先就是胃药快没了,花粉冲剂也马上喝完。我需要去一趟药店,可是我又完全不想去。或许我可以拜托赵柚帮我捎一点过来。

有时,那个神秘的朋友会过来和我聊天。他从来不进门,我也从来没见过他的样子。我们每次都是隔着门板交谈,怪异极了。不过心底里我是喜欢这种方式的,说不定当我们真的面对面时,反而会不得不有所保留,无法像现在这样完全地敞开心扉。

"你为什么不敢去见阿栗?"

"也不是不敢……"我躺在床上,双手交叉垫在后脑勺下,仰望着天花板,"只是觉得有些困惑吧,或者说尴尬……"

"或者是因为不敢面对已经失去的东西?"

我想了想。"也可以这么说。在那天以前,我对自己和阿栗的未来的所有憧憬,在那天之后都破灭了,像肥皂泡一样。所以现在让我去面对阿栗,已经和之前完全不一样了。"

"失去究竟是一种怎样的感受?"他问。

"你从来没有失去过吗?"我说,"那些在你心目中无比珍贵的东西,有一天突然消失不见的那种感觉。"

"抱歉。"他说,"我的感情不是很丰富。对于我来说,如果一顿丰盛的晚餐被别人夺走了,我可能会难过很久。"

听到他的话,我实在忍不住笑了起来。"兄弟,你真的太有趣了,"我简直快要笑出眼泪来了,"不过我很羡慕你,你不会去思考太多,也不会去自寻烦恼。"

"谢谢。"他好像有点害羞似的说,"这是第一次有人说我有趣,并且管我叫兄弟。"

"你没有很要好的朋友吗?"

"我流浪过很多地方,"他说,"但是说不上有什么朋友。"

"那你可以算我一个。"我说,"和你交谈是我最愉快的事,虽然我们还没有见过面。"

"不用非得见面。"他说,"现在这样让我很舒服。"

"我也一样!"我下了床,走到唱片机前,"真想和你喝一杯啊!要不要听音乐?"

"好啊。"他说。

于是我又放了那张守林人送给我的"自然之声"。我回到床上,闭起眼睛,欣赏着从唱片机里传出的不同凡响的"音乐"。听得久了,可以听出里面饱含着岁月的倾诉,毕竟唱针划过的不是普通唱片上的纹路,而是树木的年轮。

"还在吗?"过了一会儿,我问道。

"还在,"他说,"非常好听。我喜欢听这种自然的声响,百听不厌。"

"我想请教一个问题,关于上次你说的信心的问题。你跟我说,河流非常有信心,但我还是不太能理解你的话……"

"不只是河流,对于我来说,自然界的一切都是很有信心的。"他说,"它们不会恐惧岁月的流逝,而是将岁月视作整体中的一部分。它们顺其自然地活着,然后顺其自然地死去。不管生与死,它们都与大自然紧密地联系在一起。"

"我似乎可以明白一点点,"我说,"可是没有人真的能达到这种境界……"

"是的,"他说,"人一旦有了思想,就会紧紧地依附于自身,只能用自己的视角去看待一切。但其实还有许多其他的视角,却被思想舍弃了。"

"能否解释得再明白点?"

"比如说'境界'这个词,我发现每个人都希望自己达到某种境界,仿佛只要达到了,什么问题都会迎刃而解。事实上,当你心中冒出'境界'这个概念时,就已经与它相隔万里了。很多其他的事物也是一样。思想为人们创造了许许多多的概念,可它们许多时候都是虚幻的,只有把它们抛弃,才可能真正到达。"

不得不说,他的一席话完全把我镇住了。我惊讶得好半天说不出话来。

"你……"我说,"你的这些想法都是从哪儿来的?"

"在流浪时我接触了很多人,也学习到了很多道理。"他顿了一下,突然有些紧张地说:"有人来了。"

很快,我听到了有人踏上木质楼梯的声音。我抢先一步开了门,看到赵柚正伸出手准备敲门。

我朝窗子的方向看了看。果然,那位神秘而敏感的朋友已经不见了踪影。

"我是来还书的。"赵柚说。她站在门口,看着我脚底下的一小块木板。她将那本特拉克尔的诗集递给了我。

"感觉如何?"我问。

"很好。"

我们在门口站了一会儿,似乎都不知道该说些什么。冷风正在往屋子里灌。

"上次还没有好好谢谢你。"我说,"谢谢你救了我的命。"

"没事的,"她仍然固执地盯着那一小块木板,"那天可能是我夸大了。伤寒也不一定会死。"

"可万一死了就麻烦了。"我笑了笑。

她终于抬起了头,看着我。

"小镇恐怕没法在短时间内找到另一个警察……"我自嘲地说。

"你想去看一些美丽的东西吗?"她打断了我的话。

"……美丽的东西?"有时我感觉自己不太能跟得上她的思维。

她认真地点了点头。"美丽的东西,我想请你去看。"

面对如此郑重的邀请,不知为何我反而有些犹豫。"好啊……"我说,"不过……"

"你不想去?"

"没有没有,"我连忙说,"先让我穿上大衣。"

就这样,在这个夜晚,我再一次跟着她进入了森林。谁能想到呢,明明是我最恐惧的地方,现在我却成了它的常客。不过,自从上一次从那个神奇的冰屋回来后,我时常会想到那里。似乎有一种隐隐的期待:再进去一次,哪怕一次就好……

"你一定在想着冰屋吧?"赵柚说。

"你怎么知道的?"内心的想法被猜到,使我稍稍吃了一惊,"那真是一个神奇的地方。"

"那个地方很危险。"赵柚说。

我看了看她。依然是那张没有太多感情流露的脸,语气也是同样缺乏情感。可正是从这个瘦弱的女孩这里,我见识了太多难以置信的事物。

"为什么说危险?"我问。

她轻轻地摇了摇头。"就算说了也没有用。总之你记住很危险就是了。"

"好吧,"我说,"我记住了,它很危险。"

我们往森林的深处走去。

3

"这是什么地方?"

我们在一处林中空地站住。森林仍是一片萧瑟,但随着冬天的消逝,林中也出现了生机。一些植物开始冒头,树叶的颜色也不再像之前那样枯黄。我深深地呼吸着林中凛冽的空气。薄薄的雾气笼罩在四周,在黑夜中有些发蓝。我知道那其实不是雾,而是死掉的时间沉淀在这里。

"这是死掉的时间。"她说。

我点点头。

她往前走了几步,伸出手,像是要把那雾气一样的时间抓在手中。然后,她转过身,对我说:"我曾做过一个可怕的梦。"

置身雾中,赵柚的身影显得有些飘忽不定。这个时刻,我感觉自己也身处梦中。

"我看到我的身体变得透明。就像那种身体透明的鱼一样。我感觉自己的身体变得很轻。我走过其他人面前,他们都看不到我。每当那个时候,我就会产生一种强烈的消逝感。"

"消逝感?"

"一种什么东西正从我身上消逝的感觉。像一个沙漏,正在源源不断地流逝。每次那个梦出现,我都感到自己随时会消失不见。好像正陷入一个深不见底的黑洞。然后我就会失去意识。"

我看着她。

"这种情况发生过很多次。只要我一做那个梦,最后的结果都是晕厥。最长的时候需要一整天才会醒来。"

她站在那里,一个瘦小的白色身影,似乎随时会被黑暗吞噬。

"这是怎么回事?"我说,"看过医生吗?"

"那种感觉非常痛苦,仿佛一个雪人,看着自己在炽烈的阳光下融化。"她没有正面回答我的问题。忽然,她露出了笑容,"所以我从不堆雪人。"

我想说什么,但她将手指竖在唇边,示意我不要说。

"跟我来。"她说。我跟着她穿过雾气,拨开一丛茂盛的灌木。她再次站住,向着某个方向一指。我顺着她的指引,看到一棵树下有一个大约十五厘米、冰块一样的东西在散发着荧荧的光。我走过去,蹲下身仔细观察。

不是冰块。这是一种我没有见过的物质。它是半透明的,却感受不到它的重量,因为它看起来和烟雾一样。只不过,它确实是固体的形态。

凝固的雾?

"不要摸,"她在我身后提醒道,"会被冻伤。"

"这是什么?"我问。

"这是冻结的时间。"她说。

"冻结的时间?"

"当气温过低时,一些死去的时间会被冻结,变成现在这个样子。"她说,"这里有许多被冻结的时间。"

我站起身。在月光的照耀下,我看到了很多大小不一的"冰块",散布在森林中。它们在月光下闪烁着不同寻常的静穆的光芒。

"真是太美了……"我忍不住说道。

"这就是建造'死'的原料。"她的声音在我身后响起。"时间在这里走向了尽头。"

一种神秘的力量牵引着我。我转过身,走到她身边。她仰起脸,看着我。我们这样对视了一会儿。她的眼睛很好看,一双晶莹剔透的瞳仁。接着,仿佛不受控制般,我伸出手轻轻地抚摸她的脸颊。当我回过神来,我们的嘴唇已经亲吻在了一起。她的身上有一种好闻的柠檬的味道。

冻结的时间在我们的身旁散发着幽光。

我的心怦怦地跳。而赵柚却似乎很平静。她抚摸着我的手,用一种我从未见过的目光凝视着我。"你在想什么?"她在我耳边轻声问道。

我闭上眼睛。过了一会儿,我睁开眼。一切还是原样。不是梦境。

"我想再去冰屋看看。"我说。

在"死"的内部,我又找到了那种久违的感觉。我和赵柚躺在床上。此时,我感到平静、舒适、祥和。这里好像有什么东西使时间静止了,我再也感觉不到时间的流动。所有的事物都保持在一个恒定的时刻,而这时刻又令人非常安静。

在"死"的内部,我既不感到欢愉,也不感到悲伤。没有任何东西可以侵扰我。我想我可以在这里躺上一天、一年,甚至一生。

赵柚躺在我的旁边,凝视着天花板。我稍稍侧过脸,看着她美丽的眼眸。我们对视了片刻,然后都露出了无声的笑容。她握住我的手,轻轻地捏了捏。

"很想问一下。"她目不转睛地看着我。

"请讲。"

"之前你来森林找我,是出于作为一名警官的职责吧?"她说。

"嗯,怎么说呢……"我看着透明的天花板,陷入了思考,"肯定有这方面的原因,但又不完全是。当时我想到你可能受到狼的袭击,就担心得睡不着觉……我想,就算我不是警察,可能也会这样。"

"担心我吗?"

"是的,很担心。"

她的脸近在咫尺。我第一次这么近距离地观察她。我们可以感受到彼此的气息。

"那这是爱吗?"她问。

她的话吓了我一跳。

"说实话,我没有仔细思考过这个问题。"我说,"让我说是或不是,都是在说谎。"

"很难说清楚?"

"确实。"

她若有所思地点点头,盯着天花板外的夜空。"这里是一个奇妙的地方。有些话在这里才能坦诚地讲出来。"她停了一下,继续说:"那你对阿栗算是爱吗?"

"我想应该是的。"我说,"我也不知道为什么,就是总想见她,想和她待在一起的时间越长越好,甚至想永远和她在一起。知道她有了自己喜欢的人,会很失落……我想这应该算是爱吧?"

她坐起身,走到书桌前,"我要记下来。"

留着短发的她,背影看起来像一个身材单薄的小男孩。她坐在书桌前,用笔在一个小本子上认真地写着什么。

"我从来没有体会过什么叫爱,所以很好奇。"她一边写着什么一边说,"我读过很多书,见到好的段落就记下来。在书里我读到过各种各样的爱,但我还是无法完全理解……他们为什么笑了?又为什么哭了?这对我来说像个谜。"

"爱和爱也是不一样的。"我笑着说,"并且此时的爱与彼时的爱也不同。"

"是啊,人总是很麻烦。人与人之间有那么多的情感,每一种情感又都那么复杂,这让我有点害怕。"她说,"所以我不太愿意跟人过多接触,因为我总是无法确定……就像现在我对你,算不算一种爱?"

"为什么这么讲?"

"有时我会很想和你见面。"赵柚咬着笔头,说道,"以前我还从没有过这种情况。"

"这问题还真难回答。"我说。我枕着双臂,想了一会儿。"但是我也挺想跟你在一块儿的,"我说,"你身上有吸引我的品质。"

"这么说你也爱我?"

"呃……"我不知如何回答。

"还有很多我搞不懂的东西。"她放下笔,陷入了沉思,"好在我的时间也不多了。"

"什么意思?"

她转过身,笑着对我说:"因为时间无论如何都会走向尽头呀。"

我不知道自己是什么时候睡着的。我做了一个梦。好像回到了小时候,在那间昏暗的卧室里。我靠在床头,抱着枕头。屋里没有开灯。窗外好像在下雨。不知道为什么,我感到很伤心。之后,父亲走了进来。他还是我记忆中那个样子。他坐在床边,看着我,抚摸我的头发。

"不要害怕。"他说,"你要记住,不管外面的世界想怎么改变你,你内心都要有一处属于自己的地方。只有在那个地方,你才是真正的你。"

"爸爸,"我呼喊着,"你现在究竟在哪里?你能否告诉我,究竟怎么做才不会迷失自我？"

　　没有回答。父亲已离开了卧室。屋子里依然昏暗不明，雨仍旧淅淅沥沥地下着，好像已经下了好几个世纪——这不是我的梦，而是我记忆中的某个部分在幽暗中闪烁……

第九章

1

　　从"死"回来后,我总是会时不时地想到那个地方。还有赵柚。在"死"经历的一切都像一场幻境。回到小镇后,我的心情变得更加沉重。我也不知道为什么会这样,或许是因为有了对比——"死"是一个让你感受不到丝毫烦恼、纤尘不染的世界。而回到眼前的世界,却是如此喧闹和沮丧。

　　我知道如果把这些想法说给阿栗听,她一定又会笑话我了。阿栗是一个热衷于专注现实里点滴事物的人。她总是能够发现日常生活中的美好。在她身边,我觉得万物都显得生机勃勃,阳光明媚。

　　"你总是心事重重的。"有一次,她对我这么说,"而且你老是想逃避什么。"

　　那是一个春天的正午。天气不冷也不热。我们坐在一座小山丘上,看着不远处平静的海面。云朵像一片片纤细的羽毛,悬浮在湛蓝的天空中。我和阿栗坐在一起,很长时间都没有说话。

这是一座粉色的山丘。到了春天,这座小山丘就会长出粉色的草,有一些粉色的小马驹也会来到这里吃草,闲逛。它们慢悠悠地爬上山丘,不时仰起脖子,瞥一瞥远方。这些粉色的小马比一般的马匹身材小得多。

那一天,我们相约来到这里野餐。我向拉松请了假,早早地来到这里。阿栗带了我最喜欢吃的炸玉米饼。

"你应该多关心一些现实中的事。"

我忘记了话题是因何而起,只记得当她说这话时,我刚刚打开一盒西红柿罐头。她转过头,平和地望着我,微风轻柔地吹动她的双鬓。

"内心世界固然重要,但过于沉溺内心,对人不太好。"她接着说道。

我不记得我回答了什么,或许我什么也没说,只是拿着那盒罐头,静静地听她说话。阿栗的声音很好听,对我来说,那声音里有一种坚定的力量。

我躺在粉色的草丛上,看着天空静止不动的云。一切都是那么静谧,空气里有好闻的青草的味道。生活中确实有许多美好的事物等待我们去发现。可是为什么,晴朗的天空中总是会有阴影呢?时间在我们的身旁缓缓流动,有时,我觉得它们是一切问题的罪魁祸首。

"时间?"阿栗的眼睛里闪过一丝疑惑。

"是的。"我坐起身,掸落身上沾着的草屑,"以我们自己为坐标的话,每个人都被分为两个部分:过去与未来。所谓现在也无非是包含在这两部分之中,因为时间是一刻不停的。过去痛苦的记忆,以及对未来的恐惧,无时无刻不在侵蚀着我们的心,就像海浪拍打礁石那样……"

"那么……"

"没有什么事物是永恒不变的,那么我们究竟该相信什么?"我闭上眼睛,感到了一丝凉意,"所有东西都是时间的聚与散,我们与这些蚂蚁其实并没有多少区别。"

一只粉色的蚂蚁爬上我的指尖。小马驹像是听到了什么指令,忽然仰起脖子,凝视远方。

"你说的这些太深奥了,我不懂。"阿栗轻轻地摇了摇头,"就像你写的诗,我也不太懂。我只能分辨现在我是快乐的还是痛苦的。我尽量让自己快乐起来。"

我看着她栗色的眼睛。阿栗的父母都是水手,在她很小的时候遭遇了海难,葬身海底。她是由爷爷奶奶抚养长大的。不过,对于这些事阿栗并没有什么避讳,或许是年头太久了,她对父母的记忆都已模糊不清。她只是说过,记不得父母的事让她"觉得很遗憾"。

"你现在快乐吗?"我问。

她注视着我,露出笑容。

"我确信现在的自己很快乐。"

2

再次去看望拉松时,他的状态更加糟糕了。他奄奄一息地躺在床上,浑浊的眼珠盯着天花板一角的蛛网。那样子令我想起曾经见到的一匹垂死的老马。那匹马也是这样,无望地躺在昏暗的马厩里,不吃也不喝。它的主人是一名老邮差,据说那匹马跟了他将近三十年。"没有办法了,"他对我说,"它太老了。"后来他搬进了马厩里,形影不离地陪伴着那匹老马,直到它最终咽气。

现在,我站在拉松的床边。他费力地睁开眼,看了看我,又阖上眼皮,像一个已经厌倦了生活而宁愿沉默的老人。可实际上拉松并不算很老。墙壁上挂满了拉松亡妻的照片。我感觉那上面的女人正在一齐凝视着我,这让我有些不寒而栗。

"你有哪里不舒服吗?"我感觉自己有许多话想说,但出口的却只有这一句。

"我现在非常舒服,"他虚弱地对我笑了笑,"扶我起来,可以吗?"

我扶他坐起身,靠在床头。这时,他剧烈地咳嗽起来,我连忙去倒水,但是他用手势制止了我。"有酒吗?"他问。

"我带了那瓶'深海渔夫'。"我说。

"我就知道你最了解我。"

我给他倒了酒。我坐在床上,跟他干杯。我们默默地喝了一会儿。我的眼睛无意中瞥见了那台"时光机",它似乎比我初次见到时更丑陋了,闪烁着冷漠的光。拉松两边的太阳穴已经明显由于电击而发黑了。我再也忍耐不住,站起了身。

"你不能再这样下去了,"我说,"那台机器会杀了你。"

拉松小口呷着酒。他的手颤巍巍的,我很担心他会失手洒到被子上。

"它让我很快乐……"他小声地说。

"你看看自己都成什么样子了?"我激动地提高了声音,"自从你造出这台奇怪的机器,你的身体一下子就垮掉了。"

"闭嘴!"拉松似乎使出了所有力气,冲我吼道。而后果就是,他手里的酒洒了大半。空气一下子变得凝重。我找到了毛巾,帮拉松擦被子上的酒。

"对不起。"拉松喃喃道,"我……"

"没事。"我说。话虽如此,我心里多少还是有些不愉快的。拉松很少对我发火,而他最近一段时间越来越莫名其妙,喜怒无常。尤其是造出古怪的"时光机"后,完全像是变了一个人。这样的拉松使我困惑,也使我有些恐惧。

我们很长时间都没再说话,只是不停地喝酒。一瓶酒很快就喝完了。拉松抱着酒瓶,神情涣散地凝视着。我站在旁边,不知该说什么。

"这是结婚纪念日的时候她送我的。"拉松说,"那是我这辈子最美好的时光。"

我没有说话,等着他继续说下去。我知道他今天想一吐为快。

"那时的日子回想起来就像是做梦。除了巡逻,剩下的时间我们几乎全部都在一起。就这样过了很多很多年,我们从来没有厌倦过对方。有时我会幸福得睡不着觉。夜里,我经常醒来,跪在地上,感谢上天对我的恩赐。我会悄悄地抚摸她,或者掐我自己的脸,确定这真的不是一场梦。我相信她一定是上天送给我的礼物。"

"可是那一天,上天收走了这个礼物。"他紧紧地握着酒瓶,就像握着亡妻的手。

"我清楚地记得,那是一个阴天。因为很小的一件事(我现在都记不起来了),我们发生了争吵。后来我才意识到,这是我们认识以来第一次吵架。可是当时我并没有太在意这件事。我真的是该死。我不知道这件事会给她造成多大的伤害……总之,那天她借口出去买东西,整整一天都没有回来。我不知道她去了哪里。我担心得坐立不安。各种意外,各种最糟的可能,轮番在我脑子里闪现。我感觉我快要窒息了……"

我坐到椅子上,听着他的讲述。照片上的女人微笑地看着我们,安静地听着。

"终于,她回来了。谢天谢地,我真的都快瘫痪了。我不停地亲吻她,不停地向她道歉,保证我以后再也不会跟她吵架了。她不但没有埋怨我,甚至还向我道歉,说以后再不会这样任性了。我们拥抱着,各自谴责着自己的不对。拥抱她的时候,我心里是无比幸福的，因为我知道一切都将照旧，我不会失去她，我实在是太害怕失去她了……然后，她还送了我一件礼物：她在森林里采的玫瑰花。我注意到她的手被玫瑰花刺了一个口子。我又心疼又感激，简直说不出话来。唉，现在回想起来真的像一场梦……"

拉松轻轻地叹了口气。

"抱歉，"他对我说，"我不该忽然自顾自说这么一大通……"

"没事的，我想听。"我说。

"这件事我从来没跟别人说过，因为实在难以启齿。不过如果是你的话，我今天愿意全部说出来。"拉松捏了捏他的红鼻头。

他似乎终于又恢复成了我认识的那个拉松。我的气全都消了。

"那天以后又过了将近两个月，什么事也没有，生活恢复了原先的样子。但我不知道的是，上天已经准备收回他的礼物。嗯，是的。我想不通是为什么，我只能接受这个事实。有一天，她的身上开始散发出玫瑰的香气，我很奇怪，以为她用了什么新的香水。但是很快，她的身体一天不如一天，似乎有什么东西正在吸取她的精力。医生说，她是被有毒的玫瑰感染了，这种毒玫瑰的汁液会进入血液，开始生长，慢慢替代宿主的神经系统，直至死去。没人知道这种病该如何治疗。我试过了各种办法，但都没什么作用。她每天都紧锁眉头，痛苦不堪，忍受病痛的折磨。看到她的样子，我觉得就像有人在用刀子割我的心……

一夜之间,天堂变成了炼狱。我每天喂她喝药、吃饭,帮她洗澡,料理她的日常生活。而她也像变了一个人,整日以泪洗面,有时会突然破口大骂。那些日子我终于知道,病痛可以使人失去尊严。在她生病的最后几个月,她几乎陷入了精神错乱的境地,连我也不记得了。我真不知道那段日子我们是怎么度过的……"

拉松痛苦地闭上了双眼。

"然后有一天夜里,她突然清醒了过来。她盯着我的眼睛,对我说:'杀了我,求求你杀了我,这样我们就都解脱了……'我简直不敢相信我的耳朵。可是她的眼神异常坚定,我知道她是真的希望我这么做。于是我的双手放在了她的脖颈上,我看到在黑暗中她露出了笑容。你知道吗,自从生病以后,她都没有露出过笑容了……我开始用力,几乎只是一下子,她就断气了。就这样,我亲手结束了她的生命,那个我毕生最爱的人。"

屋子里安静极了,似乎落下一根羽毛也能听见。

"那不是你的错。"我的声音有些干涩,"对于她来说,确实是一种解脱。"

"不。"拉松突然睁开了眼睛,"你知道吗,"他停顿了半晌,呼吸开始变得急促,"那个时候,我的内心其实是庆幸的,我庆幸终于可以摆脱这样的折磨,我庆幸她给了我一个理由,可以名正言顺杀死她的理由。我内心可真是松了一口气。"这时,拉松举起他枯瘦的双手,那上面的关节似乎变得异常突出、肿大。他紧紧地盯着我的眼睛,"我不是为了她的解脱而杀死了她,是为了我自己解脱。我是一个真正的杀人凶手。"

说着,他挣扎着下了床,坐在了那把"电椅"上。

"这件事我从来没跟别人说过,但是它却像我心脏上的裂缝,越扩越大,一直压迫着我,直到我再也承受不住……不过,我会忏悔的,"他念叨着妻子的名字,"我马上就要去见你啦。"

3

"爱究竟是什么呢?我以前从来没认真思考过这个问题,但最近一段时间,我好像开始不自觉地正视这个问题了。"

"对不起,我对这种事一窍不通。"

"嗯……"

"我对这种复杂情感的理解总是很艰难。"

"你没有爱过别人吗?"

窗外一阵沉默。我们之间从来没有过如此长时间的沉默。

"还在吗?"我说,"我是不是说错什么话了?"

"没有,是我不知道该如何回答。"

事实上,我曾怀疑过爱的存在。我怀疑这种情感其实是人们虚构出来的,是人类最大的谎言。我们从书本、戏剧、电视、广播等一切媒介中认识爱,塑造着爱。所有人都在歌颂爱,像共谋者一般。但它究竟是什么呢?没有人说得清。有些人认为爱是天堂,是最终的归宿,而有些人则用科学的方法,证明爱无非是人体内的某些激素……父亲失踪后我去过很多地方,也爱上过不同的人,但是随着时间的流逝,最终我对她们的爱都变得面目全非。我想,除非时间可以静止,否则爱就不会成立。爱最终都会变成其他的东西,比如依赖,欲望,悔恨,失望,或者仅仅变成一种习惯。抵御时间是不可能的。但如果爱注定无法持久,那我们如何断定它真的存在过呢?它可能仅仅是从一种东西到另一种东西的过渡,只是这过渡太过美好,让我们误以为它才是事物的本质。

"我曾听说有些人可以拥有永久的爱,只是这样的人非常稀有。"

"没错,我们都抱着希望,希望自己可以成为传说中那种稀有的人。在他们那里,爱将会像钻石一样恒久。"

"我不太懂。不过,哪怕这个世界上没有爱,我们仍然能够生活吧?"

"当然,说不定还会活得更好。"

"对我来说,这就够了。"

那个人离开后,我躺在床上,突然有些后悔说这些话。因为它们并非我真实的所思所想,只能说是一时的所思所想,或者说,是受到拉松刺激后的想法。有时,我承认,我无比坚信爱的存在，尽管这样很不酷……只是它太容易消失了，像太阳升起前的露水。很多东西都是这样，它们如此珍贵，但会在时间中一点点磨损，直至消逝。而你唯一能做的只是眼睁睁地看着这个残酷的过程。

我想起了离开父亲后，生活在城市中的日子。那些年，我每天面对熙熙攘攘的人群，坐车，上班，下班，吃饭，睡觉，日复一日。慢慢地，我觉得心中变得空空如也，曾经坚固的东西不经意间像是被河水冲刷干净了，尽管我没法说清它们究竟是什么。我很恐慌，因为我发现再没有值得我去坚守的东西。生活波澜不惊，却在不知不觉中让你丧失了最宝贵的东西。

直到某一天，在一家简陋的小酒吧，我看到一个年轻的萨克斯手在演奏埃里克·杜菲的《在界外》，他的技术并不好，像发泄一般胡乱吹奏着，最后因为缺氧晕倒在了地上。我感觉有什么东西击中了我，或者说，唤醒了我。那一刻，我感觉只有这间小酒吧里的音乐是无比真实的，我每天经历的生活反而显得苍白且虚妄。那一刻，我似乎开始理解了父亲，他是一个真正懂得什么是真实的人。

于是我辞掉了原来的工作，重新听起了爵士乐，并开始从头学习萨克斯。

很多次，我梦到与父亲在废弃的工地练习萨克斯的夜晚。天气好的时候，可以看到闪烁的星辰。我们对着星星演奏，累了就听收音机里的爵士乐午夜电台。那是我还未经受时间洪流冲击的时光,很多东西依然坚不可摧。在音乐中,仿佛只要一路向前,一切就都不是问题。仿佛只要星星还在,一切就不会改变。

4

在海鸥餐厅,我见到了松子与莉莉。那时我刚刚处理完一起家庭纠纷。一对老年夫妻不知因为什么事吵得昏天黑地,家里快被他们自己砸得稀巴烂了。邻居报了警。我到那里时,那个精瘦的老头爬到了一棵树上,正与底下的妻子对骂。我站在那儿看了一会儿。很明显,我的出现使他们两个都很泄气,吵架的兴致一下子降低了很多。很快,妻子就不再骂了,回到了屋子里。小老头也默默地从树上下来。进屋前,他来到我面前,递给我一根烟。

"今天天气不错。"他一边点烟一边对我说。

我点了点头,没有说话。这确实是晴朗的一天,尽管太阳已经快落山了。山边的晚霞被染成了紫色。可以隐约看到天空中飘动的彩色热气球,那是去观看落日的人们。我抽完了烟,和他告别,朝附近的海鸥餐厅走去。我的肚子有些饿了。

冬天的夜晚总是来得很急。我到海鸥餐厅时,夜幕已经完全降临了。只有零零星星的几个客人坐在椅子上喝啤酒。海浪的声音像一首无始无终的催眠曲。我一到就看见松子和莉莉正坐在其中的一张桌子前。我走了过去。

"嗨,好久不见。"我坐到一把空椅子上。

松子看了看我,什么也没说,也没打招呼。莉莉则在一旁喝着牡蛎啤酒。

我感到事情有些不对劲,就对松子说:"我是不是哪里得罪你们了?"

松子还穿着服务生的衣服,她转头对莉莉说:"你看吧,这家伙什么都没意识到。"莉莉点了点头,放下酒杯,说:"男人都是一个样。"

"喂喂,"我说,"到底怎么回事?我做错了什么?"

"让我来提醒你一下,"松子将胳膊平放在桌面上,样子显得有些严厉,"那天你是不是拿了一个什么测心跳的玩意儿,要让莉莉从陈眠和李尔之间选择一个?"

"是的,"我说,"我也正想聊聊这件事。莉莉那天转头就走了,好像很不开心。"

"没错,那天莉莉很受伤。"松子说。

"为什么?"

"我一猜你就会是这个反应。"松子嫌弃地看了我一眼,"从来不会主动认识到问题。"

"别卖关子了。"

"好吧,那我就告诉你哪儿不对。我只想问你,当时你考虑到莉莉的感受了吗？你认为莉莉是一个无法自主做出判断的女人吗？"

"我并没有这么想……"

"但你确实是这么做的。你心里默认了莉莉是属于陈眠或是李尔其中之一的，但我告诉你，她是属于她自己的。莉莉有权自己决定自己想做的事，而不需要什么狗屁机器。在你们的概念里，女人依然停留在原始社会，作为男人们的战利品而存在，而不是一个具有独立人格的人。她们无知而愚蠢，无法决定自己的人生，是不是？"

"等等，"我说，"这话太严重了。我想你们可能误会了。我当时只是不想让事态扩大，他们都是我的朋友，我不希望有人受到伤害。"

"但你却伤害了莉莉。"松子说，"你让她觉得很耻辱。"

"可李尔也很受伤……"我决定小小地反击一下，"毕竟这件事并不是李尔引起的。"我瞟了莉莉一眼。所幸莉莉的反应并不过激，只是有些烦躁地撩了撩头发。

松子点燃一根烟，望着夜幕中的大海。海面上只有零星的几点亮光，来自过往船只和灯塔。

"每个人都有权决定自己爱谁，"松子回过头，注视着我的眼睛，"李尔不是属于莉莉的，同样，莉莉也不属于李尔。"

"这也是我很长时间才想明白的事。"一直没有说话的莉莉忽然开口说道，"以前我总是担心李尔会喜欢上别的女人，我以为他就应该属于我一个人。但我现在明白，说到底每个人都是独立的个体，没有谁是必须属于某个人的。"

"那么……"我定定地看着莉莉面前的空酒杯，"你已经决定跟李尔分手了？"

莉莉没有回答，转而望向海面上的灯火。

"我还记得第一次遇到他的时候。那时是夏天。我睡不着，来到海边吹风。当时已经很晚了，海边没有一个人，海面黑漆漆的，让我有点害怕。然后我就听到从某个地方传来了音乐声。我走过去，看到一个男人正对着海面吹小号。他很专注，根本没注意到有人来。我就这样悄悄地在旁边看着他。之后的几天夜里，我每天都来到海边，而他也每天都在同样的地方练习小号。他练习得很用力，好像在跟大海较劲似的，有些可笑。但不知为什么，这个身影深深地印在了我的心里。应该是第五天的时候吧，我下定决心走上前去，对他说：'嗨，你好，我叫莉莉。'他放下小号，微笑着对我说：'嗨，我叫李尔。'"

远处的夜航船响起了短暂的汽笛声。

"我们很合拍，很快就在一起了。你知道的，他很受女孩子欢迎，而且又花心，所以我总是害怕他被别的女人抢走。很长一段时间，我完全丢失了自我。我似乎每一天都在为他而活，好像疯了一样，就连别的女人跟他说一句话都受不了。那时我觉得我们属于彼此是天经地义的……"莉莉愣了一下，接着说，"直到陈眠的出现，让我重新审视了自己。最开始，我是以一种报复的心态，故意用陈眠气气他。可是渐渐地，我发现我似乎真的爱上了陈眠，他很温柔，又体贴。我痛恨自己，因为是我自己打破了我最珍视的东西。是我嘲弄了我自己。但是这也让我冷静下来，思考了很多。"

她停了下来，转过头，对我笑了笑。

"我想，以后我会更加理性地爱着李尔。承认对方和自己都是有独立自主意识的个体，才是爱情的基础，不管你相信不相信，这就是我学到的东西。"

"我再去拿几瓶酒。"松子站起身。

我和莉莉一起凝视着晦暗的海面。没有风，没有海鸟，没有客人，也没有了汽笛。这是一个平静的冬夜。莉莉的话又使我陷入思索，可我为什么非要考虑这些问题？最近让我想的东西太多了，而我只是一个小镇警察，脑容量也不比别人大，有时我也希望日子变得简单一点。

我们等待着松子的酒。我又加了一份海胆炒饭。

5

拉松病倒了。被发现时他已经在"电椅"上晕厥了过去。我赶到时，慕医生和阿栗正在照顾他。拉松躺在床上，眼睛直直地盯着天花板上的蛛网。

"怎么回事?"

"应该是电流导致的晕厥,"慕医生说,"他的身体本来就很虚弱。"

我们说话时,拉松一直保持同样的姿势,根本没有注意到我们。

"他怎么样?"我问。

"情况有点不太好。"慕医生扶了扶眼镜,说道。我看向阿栗。她微皱眉头,对我点了点头。

"他醒来后好像谁也不认识了。"慕医生说,"他连自己是谁都不记得。"

"就是说……"

"没错。"慕医生看了看拉松,"他失忆了。"

这个结果实在太出乎意料了。我们一起望着拉松。他终于注意到了我们,扭过脸,冲我们露出了笑容。那是一种如孩童般的笑容。

"现在你们该告诉我,"拉松笑着说,"我究竟是谁了吧?"

"怎么会这样……"我一时难以接受。

"事情就是这样。"慕医生说,"应该是电流的反复刺激破坏了脑部神经,就像灯丝被烧坏了一样。"

"这种情况会持续多久?"

"我不知道。"他说,"我知道电视里的医生也都这么回答。但不幸的是,确实没有人能够预知失忆的病人何时可以恢复记忆。"

"喂,"拉松喊道,"你刚才答应告诉我的,不许耍赖。我究竟是谁?"

慕医生摇了摇头。"拉松以前对我们很照顾,"他说,"没人希望他变成这样。"

"水,我要喝水。"拉松说。

阿栗连忙倒了一杯水,送到拉松面前。拉松接过水杯,满面笑容地说:"谢谢你,可爱的小姑娘。你叫什么名字?"

"我叫阿栗,你一点也记不起来了吗?"

阿栗看起来很难过,紧紧地攥着慕医生的手。

我走出屋外,点了一根烟。天空晴朗,但我感觉眼前充满了阴霾。我深深地吸了一口气,回到屋子里。

"你们怎么一个个都愁眉苦脸的?"拉松不解地望着我们,"谁能告诉我发生了什么?"

第十章

1

我想去"犀牛之翼"坐坐,可临时改了主意。刚才的谈话让我有些心烦,每当这种时候,我都想一个人待着,而不是去嘈杂喧闹的地方。心情不好时面对乱哄哄的人群——这简直是世上最残酷的刑罚。天色不早了,我决定回家去,早点睡下。

找我谈话的是镇长,一个七十多岁的老头子。我以为他找我是为了谈谈小镇目前的治安情况,没想到见面后,他问我的第一句话是:"练习得怎么样了?"

"练习什么?"我一时没有反应过来。

镇长哈哈大笑起来。这是一个动作敏捷、精力旺盛的老人。他拍了拍我的肩膀,说:"还能练习什么?难道练习怎么抓小偷吗?我问的当然是你的萨克斯练习得怎么样了。"

我这才意识到,"无意义节"已经快要进入彩排阶段。这也意味着,我们必须要有一些拿得出手的东西了。镇长历来是"无意义节"的组织者。我尴尬地站在他面前,不知道该说什么。最近一段时间乱七八糟的事太多,我们根本没有真正排练过。

"呃,"我支支吾吾道,"我们正在准备……"

镇长叹了一口气。"别编了,你根本不会骗人。看来你们什么都没准备。"

"不是您想的那样……"

他摆了摆手,示意我不用再讲下去了。他坐回办公桌后的椅子上,看上去失望透顶,伤心极了。我似乎可以听到他在心里说:你真是让我太失望了,我这么看好你,你却这么不求上进。

他这副样子使我既不知所措,又非常难过。

"对不起……"我站在他的办公桌前,低着头。不知为什么,我真的是非常难过,甚至比我自己想象中的还要难过。

"唉,没事的。"镇长说,"我叫你来是为了跟你说另一件事。"

"您讲。"我说。

他迅速地抬眼瞅了我一下。

"你知道的,节日演出时间有限。你们的节目虽然早已确定下来了,但如果你们实在不想参加的话,还不如让给别人。"

我惊讶地看着他。

"我想您可能误会了,我并没有说我们不想参加……"

"在这个小镇,喜欢爵士乐的人毕竟是少数,或许人们更喜欢听一些欢快一点的……"镇长犹豫地说。

"您想用谁替换我们?"

"比如那个唱绵羊之歌的三人组合就不错,"镇长快速地说,"当然,这不是最终的决定,一切还是要看彩排的效果。"他再次站起身,走到我身边,拍了拍我的肩,"不要压力太大,有竞争是好事嘛。"

我的脑子一片空白。因为我忽然想起来,"绵羊三人组"之中有一个人是镇长的侄子。

"没事的话你先回去吧。"镇长站到一只凳子上,查看起办公室的灯泡来,"总之回去好好练习。灯泡怎么又脏了。"他取下灯泡,用一条蓝色手帕擦拭着。镇长对灯泡有一种特殊的喜爱,他最喜欢做的事情就是挨家挨户检查别人家的灯泡,然后将坏掉的灯泡换掉。换灯泡对他来说仿佛一项娱乐活动,他总是乐此不疲。据说也是因为这个喜欢义务换灯泡的怪癖,他受到了小镇居民的欢迎,当选了镇长。

走出镇长办公室时,我的心情就像刚刚拧下来的灯泡一样黯淡无光。

我本来想回家,早睡早起,可我的双腿却不由自主地将我带到了森林。当我抬起头,仰望夜空时,一轮明月正挂在我的头顶。冷峻的月光足以使我看清眼前的道路。我点了一支烟,抽了两口,走上了曲折不平的林间小路。

这一回,我竟然有些轻车熟路的感觉。我走得很快,就像一头急于回到自己温暖小窝的动物。我几乎想也没想,就找到了"死"的位置。没错,它还在这里,丝毫没有改变。这个用冻结的时间制造的小屋,在夜色中散发着烟雾一样的荧光。

赵柚不在。我感到一丝失落。我忽然很想和她聊聊天。人与人之间就是这么奇妙——有的人给你带来困扰,而有的人却让你感觉可以读懂彼此。

我走了进去。熟悉的气氛笼罩了我。我急需找回这样的感觉:宁静与祥和。我躺在床上,月光从屋顶照射进来。这是一个我梦寐以求的时刻。没有任何东西可以打扰我。一切的烦恼都烟消云散了。是的,在这里时间好像正在回溯,我看到了父母拉着我的手,走在街上,那应该是一个星期天,一家人去超市购物;我看到我的面前有一个大蛋糕,上面插满了蜡烛,我的父母在唱着祝我生日快乐的歌;我看到我和父亲坐在剧院里,灯光正在黯淡下来……最后,我仿佛回到了出生前的时光。我游弋在温暖的潮水中,无比安详。

我不知道自己是什么时候睡着的。我没有做梦,只是沉浸在这样一种美好的氛围中。甚至连我自己都感到奇怪:为什么在这里我感受不到丝毫悲伤?为什么我好像得到了所有问题的答案?我沉沉睡去,好像睡在一群温煦的星辰中。

醒来时,外面已经大亮。我是被冻醒的。这是我从未感受过的浸透骨髓的寒冷,哪怕是上次的伤寒也不及此时此刻的百分之一。可是我不愿意离开。与这里的安宁相比,外面的世界使我感到恐惧。我不愿意起身下床，不愿意回到那个让人总是感到悲伤的世界，连一步也不愿挪动。我在床上蜷缩成一团，身体正在渐渐失去知觉。但我的内心是非常平静的，就好像这里的寒冷只不过是一种游戏，而我在幸福地等待游戏的终结。

这时，我听到有人在喊我的名字。我勉强睁开眼，蒙眬间看到赵柚正在使劲地推我。她的声音听起来很久远，仿佛是穿越了往昔的岁月，抵达我耳中。

"你这样会被冻死的！"她的声音很急切。

我不明白她为何这么着急。我冲她笑了笑。

"真拿你没办法！"恍惚中，我听她说道。随即，一双有力的手抓在了我的头发上，开始使劲拉扯。"啊，疼疼疼……"头皮像是要被拽下来了，我急忙站起身。就这样，我被她扯着头发拽出了小屋。

深入骨髓的寒冷立刻消失了，伴之而来的是巨大的失落感。我虚脱似的坐到了地上。

"你不知道这很危险吗？"她训斥道。我第一次看到赵柚这么生气。

"对、对不起……"我被她吓住了。

虽然寒冷消失了，但我还是被冻得够呛。我哆哆嗦嗦地站起身，朝森林外头走去。现在，我急需一碗热气腾腾的茶，来驱散体内的严寒。

"这么说,刚才我真的有可能被冻死?"

说话时,我已经喝了三碗花粉冲剂。我用棉被紧紧地裹住身体,体温终于渐渐恢复过来。刚才,赵柚跟我说起了她最初发现"死"那天的事。

那是几年前的一个深夜。像往常一样,她的父亲又喝多了。在他还没来得及施以暴力之前,她溜了出来,来到了森林。森林很大,没有人能够找到她。她就在森林里漫无目的地走着。那时,她对森林还不是很熟悉。像我一样,最初她也有些害怕,但比起酒后父亲的恐怖,她还是觉得森林要温和得多。

她不知走了多久。"死"毫无征兆地出现在她面前——当时,她并不知道这座奇怪的小屋的名字,是后来守林人告诉她的。守林人还告诉她,这座小屋是用冻结的时间制造的。

"你怎么知道这些的?"她曾问过守林人。

守林人告诉她,这些是上一任守林人告诉他的,而上一任守林人是从上上任守林人那里知道的。没有人知道最初"死"是何人所建,这是一代代守林人之间的秘密。

总之,那晚她无意中发现了这个秘密。她走进了"死",并且和我一样,她感到了从未有过的平和。因此,当她看到小屋里那具尸体时,也并没有太过惊慌。

那是一具年轻男子的尸体。他安静地躺在床上,面容祥和,没有一点伤口。后来赵柚才知道,他是被冻死的——可以想象,那个年轻男子到了白天,仍不想从"死"里出来,于是被活活冻死在里面。

(而我差点步其后尘……想到这儿,我心里又掠过一阵寒意。)

她将尸体拖出来,埋在一棵树下,还在上面种了一朵花。她看着月光照在那刚刚掩埋的坟墓上,不知为何,她觉得有些悲伤,就在那里待了整整一晚。

"我好像是第一次爱上了一个人。"她说。

"这么说,"我裹紧了棉被,"你爱上了一具尸体。"

她看了我一眼。"我不知道这到底算不算爱,因为他也无法回答我。"

说实话,我也无法回答她。我只知道我的身体慢慢暖和起来了,这使我很愉快。

赵柚走到我的书桌前,摸了摸已经蒙尘的打字机。

"你喜欢写诗?"她问。

"嗯,只是写着玩儿……"我已经来不及将桌子上的稿纸藏起来了。看着她拿起其中一页纸读着,这比冻死我还让我难受。

"别看了,"我说,"写得不好。"

她默不作声地读着,没有理会我。屋子里突然变得很安静,这让我有点发毛。

这时,我听到了敲门声。赵柚帮我开了门。守林人站在门外。"快进来,"我对他说,"我们刚刚还聊到你。"

"聊了什么？"他笑了一下，但很快就恢复成一副忧心忡忡的样子，"不好意思又来麻烦你了。"

"哪里的话。"我说，"找我有什么事？"

"一只鹿失踪了。"他焦虑地搓了搓手，"能不能一起帮忙找一下？"

"鹿？"

守林人点了点头。"是的。一只患了抑郁症的鹿。"

2

偌大的森林中，找到一只鹿，谈何容易。好在守林人可以辨认出鹿的脚印，但是我们转了半天，依然一无所获。守林人告诉我，就在前几天，这只患了抑郁症的鹿将自己尚未脱落的角故意折断了，还没来得及包扎，就不见了踪影。"这样下去还不知道会发生什么。"守林人忧心地说。

"会发生什么？"我问。

"我担心它会自杀。"

"动物也会自杀吗？"

"别忘了，"守林人提醒我，"人也是动物的一种。"

后来，我又问了一些关于"死"的事。

"那是一个很危险的地方，"守林人说，"它会引诱你进去，让你再也不想出来。"

"它是故意的？"

"怎么会。"守林人笑了笑，"它只是一间屋子，和我们平日见的木屋没什么区别，只不过是用冻结的时间建造的而已。危险是来源于我们自己。我们太容易沉湎于某些事物了。"

我和赵柚默默地听着，走在后面。森林的光线暗了下去，不一会儿，薄薄的雾气升腾而起，缓缓地笼罩住树木和我们。守林人停下脚步，好像在侧耳倾听着什么。

"这边。"他招了招手，我们跟着他拐入一条小路。

"可能要下雨了。"赵柚说。

守林人点了点头，说："我们要找个地方避一避。"

雨落下前，我们找到了避雨的地方：那是一处废弃的铁路，铁轨早已被葱郁的杂草覆盖。在铁路四周，还有几节废弃的火车车厢，锈迹斑斑，横七竖八地摆放在林间空地中，仿佛被谁随意丢弃在这里的积木。我们三个进入其中一节车厢里。很快，雨就哗哗地下了起来。从车厢窗口往外看，废弃的铁轨和一节节的车厢都沐浴在烟雾一般的濛濛细雨中。我们看着窗外的雨，一时间谁也没说话。

我又闻到了那种柠檬的香气，眼前浮现出在那个梦幻般的夜晚，我与赵柚在森林里发生的事，那件事后来我们谁也没有再提过，但现在想起来还是有些尴尬。我偷偷地瞄了一眼赵柚，她面无表情地看着窗外的雨。

车厢里光线黯淡,不过还是可以看清有些丢弃的罐头盒、烟蒂、塑料瓶等生活垃圾。

"拾荒者和旅行者有时会住进车厢里。"守林人解释道。

看样子,雨一时半会儿还停不了。车厢里充盈着潮湿的泥土味。我闭上眼睛,想象着列车正在行进,穿越漫长的隧道,不时有灯光倏忽掠过。我睁开了眼,一切又恢复原貌,废弃的车厢正在不为人知的草丛中被风雨侵蚀,慢慢死去。

"鹿!"赵柚突然喊道。

在雨幕中,一只鹿的身影正在朝我们接近。它走到林间空地,停下,伸长脖子看了看。从这个角度可以清楚地看到它头上缺了一只角。守林人冲出车厢,脱下身上的大衣,将衣服遮在患了抑郁症的鹿身上。鹿一动不动,目不转睛地看着守林人。

"我们离开这里吧。"守林人蹲下身,抚摸着鹿的脖颈,在它耳边说道。

鹿似乎犹疑了片刻,接着迈开一条腿,转过了身子,就像它来时一样缓缓地走动起来。路上,雨停了,衣服湿漉漉地贴在皮肤上,又冷又难受。不过,我们的心情都很好。一道彩虹出现在天际,由于树木的遮挡,我们只能看到它很小的一部分。我们停下脚步,静静地看了一会儿。鹿晃了晃脑袋,甩掉头顶的水珠。

回到守林人的小屋,他开始为患了抑郁症的鹿上药,包扎伤口。鹿用一种极其温和的眼神望着他。

"还好,没有感染。"守林人说。

我打了一个喷嚏。

"感冒了?"赵柚问。

"或许。"我说着,又连续打了两个喷嚏。

"去药店拿点感冒药吧。"赵柚说。

"还是算了,"我有些犹豫地说,"感冒很快就会好的。"

"你打算一辈子都不去药店了吗?"赵柚用一种嘲弄似的眼神盯着我。

"怎么会……"我避开了她的目光。

这时,守林人走了过来。

"谢谢你们今天帮我一起找。"

"职责所在。"我说。

"这是送你们的小礼物,算是我的一点答谢。"守林人递给我和赵柚一人一个玻璃盒子。"这是雪花标本,"他说,"都是我费了好大劲儿才挑出来的精品。"

在玻璃盒子中,放置着一枚小小的雪花,要用放大镜才能看清那精美的结构与图案。我和赵柚道了谢,一起离开了守林人的小屋。

3

感冒开始严重了。连续几天,我头昏脑涨,喷嚏不断。花粉冲剂也喝完了，可谓是弹尽粮绝。我独自困守在屋子里，守着渐渐变得冰凉的炉子，连手指都懒得动一下。这次的感冒让我很沮丧。真没想到淋一场雨就会病成这样。

一天早上，赵柚过来看我，给我送来了感冒药。

"你也太没用了。"赵柚看着蜷缩在被窝里的我，说道。

我没有理她，喝下了两片感冒药，考虑要不要拜托她再捎来几包花粉冲剂。赵柚坐在书桌前，随手拿起稿子看了起来。

"这是你新写的诗？"她问。

"好久没写了，"我感觉我的鼻音重得就像查尔斯·明格斯的贝斯，"还被我扔掉了不少。"

"为什么要扔掉？"

"写得太烂，根本没有存在意义。"我发现，生病时的人总是最坦诚的。

"真的会有根本没有存在意义的东西吗？"她放下稿纸，若有所思。

"当然，"我说，"这个世界上没有存在意义的东西太多了。"

"那么人呢？"

我的头又微微疼了起来。"这要看用哪种尺度来衡量，从某种意义上讲，每个人都有其自身的价值，但如果换一个角度，或许人生本身就是没有存在意义的……我们还是聊点别的吧。"我及时止住了这个话题。再这样下去，我又要开始胡说八道了。

"如果一首诗从写出来就被锁进了抽屉里，没有人读过，那它实际上也相当于不存在。"赵柚像是没有听到我的话，喃喃自语道。

我想起了那些刚刚写好就被我撕掉的诗。实在太多了。它们真的等于从来没有存在过吗？想到这儿，我不禁有些难受。真是奇怪，这是我第一次为了那些烂诗而难受。

我再次抬起头时，赵柚已经不见了。我从被窝里出来，坐在书桌前。桌子上散落着许多稿纸，我盯着它们看了半天。如果不是今天这番话，我相信它们也逃不过被我撕掉或烧掉的命运，可现在，我却将它们一页页整理好，放进了抽屉里。

"你们虽然很烂，但是因为这个理由就取消你们的存在，未免有些太残忍了……"我自言自语道。我愣愣地在书桌前坐了很久，然后，我使劲儿拍了一下脑袋。

"我这个脑袋究竟在想些什么乱七八糟的东西啊……"我绝望地喃喃自语道。

又过了两天，我的感冒稍稍好了一些。赵柚又来了。

"带上你的诗稿，跟我来。"她一进门就命令道。

"要干吗？"

"待会儿你就知道了。"

我觉得莫名其妙，但还是收拾了诗稿。那么多的诗稿，即使被创作出来，它们也注定被遗忘。是的，此时我手里拿的是注定被遗忘的东西,这个念头使我又伤感起来。

"你在想什么?"

"哦,没什么。"我回过神来,"咱们走吧。"

她带我来到了树荫公园。这是一个清早,看不到人影,空气清澈而静谧。

"带我来这里干吗?"我问。

"我要办一场诗歌朗诵会。"赵柚说。

"诗歌朗诵会?"我环顾四周,"我来朗诵吗?可这里一个人也没有……"

"听众不是在这里吗?"赵柚拍了两下手。

几只猫从灌木丛后面钻出来,慢悠悠地走了过来。接着又不断有猫从灌木丛中出来。猫越聚越多。它们像观众那样寻找着自己喜欢的位置,找到了,就安静地趴下。一双双眼睛看着我和赵柚。

"你不是开玩笑吧?"我哭笑不得,"它们来当听众?"

"猫是最有灵性的动物,"赵柚认真地说,"它们听得懂。"

面对这些特别的"听众",我有些手足无措。我看看它们,又看看赵柚。我无法确定她是不是在耍我。正在我犹豫不决的时候,赵柚对我说:"开始吧。"

足足有数十只猫。它们一齐望着我。

我紧张地清了清嗓子。不管怎样,如果现在掉头就走确实也不太合适。我胡乱地翻着稿纸,不知道最开始念哪首。就这首吧,我随便抽出了一张,用颤巍巍的声音念了起来。

说起来,这还是我人生中的第一场诗歌朗诵会呢。

一念出来,紧张感顿时消失大半。猫们是很礼貌的听众,它们看起来都很专注,既不东张西望,也不交头接耳。我一首一首地念。这是我第一次开口念出这些诗。当这些诗句被念出声时,它们似乎变得有些不一样了。尽管它们仍然很糟,但是当我一个字一个字、一行一行地读出来时,我就像是重新经历了它们的生命。它们变得有血有肉,不仅仅是枯燥无味的文字组合。

我大声地读着,一首接一首。

读完最后一首诗,我累得口干舌燥。我看向赵柚,她冲我笑了笑。清晨的阳光照耀在她的脸上,我想我一辈子也不会忘记这个笑容。

"它们很满意,"赵柚抱起一只灰色的猫,"你表现得也很好。"

"谢谢。"我说。

谢谢你。我在心里又说了一次。

在我们面前的,是一台老式印刷机。它已经很旧了,放在草丛中,像一台报废的汽车发动机。我和赵柚站在它的一左一右,彼此对视了一下。

"准备好了吗?"赵柚问道。

我点了点头，将手中的诗稿放进印刷机内。这是一台可以将书稿印刷成植物的"逆向印刷机"，是赵柚以前从废品收购站捡回来的，没想到还可以正常使用，于是她就用这台印刷机处理了很多读完的书。

"诗歌最容易印刷成花朵，"赵柚说，"我试过小说和散文，但是印刷出来的不是杂草就是蘑菇、浆果之类的东西，只有诗歌才能印成花朵。"

既然它们无法在我的手中获得价值，不如就回归自然吧——这就是我的想法。所以，当印刷机开始启动时，我的心情虽然有些惆怅，但还是松了一口气。

诗稿进入印刷机，轴承开始转动，一张张纸稿自动进入印刷机内。片刻后，从另一侧出来许多白色的小花。那是一种很小的、有五枚花瓣的花朵，花蕊附近还有细小的黑色斑点，像是墨水洒上去的一样。我们将花朵栽种到附近的草丛中。

"真的印成花朵了！"赵柚很兴奋。我们满怀欣喜地望着这一小片花园。微风拂过，白色小花摇摇晃晃，似乎是在为自己获得了崭新的生命而惊讶不已。

我们在一旁的草地仰面躺下。

此时，天空中已经出现了点点繁星。空气十分清新。有些草尖上挂着晶莹的露水。

"可以握一下你的手吗？"赵柚侧过头，对我说。

于是，我的手和她的手紧紧地握在了一起。她的手很软，有点凉。

"好像有一点感觉了……"赵柚说。

"什么感觉?"我微笑着问她。

"存在。"赵柚望着夜空,轻柔地说,"存在的感觉。"

"存在的感觉?"

赵柚没有回答,而是深深地吸了一口气。今晚的森林是静谧的,连风也显得小心翼翼。我闻到了一股花香,不知道是不是那些白色小花散发出来的。

我可以感觉到,时间正从我们身旁安静地流淌。它们放慢了脚步,不想打扰我和赵柚。

"这些露水在太阳升起来后,就会消失得无影无踪了。"赵柚忽然说道。

"是啊,"我说,"太阳出来,就消失了,但是每天还会有新的露水出现。"

"你说,会有人记住一滴露水的样子吗?"

"记住一滴露水?"

赵柚翻过身,凝视着面前一根草尖上的露水。"你看,如果不是我们看到了它,恐怕在它消失之前,世界上也不会有人知道有这么一滴露水存在过。它悄悄出现,又悄悄消失。"

"但是它的确存在过,"我想了想,说道,"即使没有人看到,你也不能否定它的存在。"

赵柚转过头,注视着我的眼睛。

"你说得对,"她说,"但我还是要记住它,记住它的形状,它的样子,它的地点……我无法记住所有的露水,但起码可以记住这一滴。不是吗?"

"那就让我们一起记住它吧。"我笑着说。

我不知道自己是什么时候睡着的。我醒来时,夜色已深。我看看身旁的赵柚。她沉睡着,像一只猫那样微微蜷缩着身体,十分可爱。我微笑地看着她。

少顷,我却感觉出哪里有些不对劲儿。

是的,她的皮肤好似正在变得透明,轮廓逐渐变淡,仿佛融化前的冰,整个人也显得虚幻起来。我使劲儿揉了揉眼睛,确定不是幻觉。这时我想起她曾对我说过的那个梦——难道是真的?

"醒醒啊。"我使劲推了推她的胳膊和肩膀。没有反应。她似乎正在慢慢地从我眼前消失不见……

4

"存在缺失?"

我和慕医生站在药店门口。赵柚仍然昏睡着,不过皮肤已经恢复正常。为了不打扰她休息,我和慕医生走出药店,来到外面说话，留下阿栗在里面照顾。

"这到底是怎么一回事？"

"这么跟你说吧，"慕医生思考了片刻，说道，"我们每个人都是一个坚实的'存在'，几乎没有人会怀疑这一点。也就是说，我们都有充足的'存在之因'，因而存在于世界中。不过，有些人生下来由于种种缘故，缺少了这种必要的'存在'，因此，在某个时刻，这些人就会从这个世界上消失。你明白了吗？"

我摇了摇头。"一点也不明白。"

"打个比方，"慕医生说，"如果每个人都是一首曲子，从前奏到曲终，就是一个人一生的过程，那么，'存在'便是音符，音符组成了乐曲。如果缺少音符，整首曲子也就变得不完整，如果音符缺失到一定程度，曲子也就不能成为曲子，当然也就消失了。"

"我还是不明白，"我摇摇头，"一个大活人怎么就能凭空消失呢？又不是变魔术。"

"从某种角度看，这就是一个魔术。"慕医生说，"就像时间一样，平时你是看不见摸不着的，但它就在我们的身边。'存在'也是如此，当这个'因'出了问题，'果'当然也就不复存在了。"

"好吧，这方面我不太懂。我只是想知道，她怎么会得这种病？"

"原因有很多。"慕医生眯起眼，看了眼天空，有鸟的影子飞快地掠过。他继续说："其中最重要的原因，我估计，是她自己从内心深处否定了自己的存在。"

"自己否定了自己……"我好像稍微明白了些什么。

"没错,她的内心深处有一种强烈的自我否定的倾向,这或许是造成'存在缺失'的主要原因。可能是家庭原因,可能是她对自我的怀疑,总之,她似乎在潜意识中就认为自己不应该存在……"

我听到了鸟雀的展翅声,却没有看到鸟的身影。我们在药店的屋檐下默默地站了一小会儿。

"那么……"我开口道,"有什么治疗的方法吗?"

慕医生抽出一根烟,示意了我一下。我摆了摆手。于是他自己将香烟叼在嘴中,划亮了一根火柴。他像是叹息似的吐出一股蓝色烟雾。

"没什么治疗办法,"他说,"这是一种非常罕见的病,纵使我看了那么多医学著作,也没有见过可以解决这种病症的办法。唯一能做的,就是让她多读一些哲学著作,柏拉图、康德和胡塞尔最为有益,海德格尔要慎读。需要特别注意的是,千万不能给她看后现代主义的著作,那样会加重她的病情。"

"好吧。"我嘴里感到一丝苦涩,"那这种病发展到最后,会是什么结果?"

"消失。"慕医生说,"彻彻底底地消失,完全消失不见。并且,与她有关的记忆也会随着她的消失而从我们的脑中慢慢消失。最后,就像世界上从来不曾存在过这个人一样。"

"关于她的记忆也会消失?"

"是的,因为我们无法记住一个未曾存在过的人……"

我摇了摇头,表示自己仍然无法理解。

"那她还有多长时间?"

慕医生默默地抽着烟,过了很久才说:"从她这次发病的程度来看,恐怕到了春天就要彻底消失了。"

"她自己知道这事?"

"其实很早以前,她就找过我。当时我告诉她这些时,她表现得很镇静,就好像消失是一件习以为常的事。"慕医生微皱眉头,回忆着当时的情景,"我几乎每天都翻看各类医学著作,可遗憾的是,直到今天也没有找到真正的治疗方法。"

这时,药店的门打开了。阿栗走了出来。她看了看我,又看看慕医生,说:"赵柚醒了。"

我们回到房间。赵柚躺在床上,眼睛望着窗外的景色。大束的阳光倾泻在她盖着的蓝色棉被上。我们站在床边,不知道说什么,只好缄默不语。

不知是不是心理原因,我感觉她的脸色有一种不太自然的苍白,整个人也很虚弱。这个在我眼前实实在在的女孩,真的会完全消失不见吗?像太阳出来后的露水一样?

"消失没什么大不了的。"赵柚忽然说道。她的脸仍然向着阳光的一面。

"嗯……"我下意识地想说几句安慰的话,可是马上就觉得没有意义,也很无趣。慕医生和阿栗不知什么时候离开了,房间里只剩下我们两个。

"我觉得这样挺好的,"她终于转过脸来,看着我,露出了笑容,"完全地消失,不留一丝痕迹,连尸体也不会留下,记忆也不会留下,就像从未出现过我这个人一样。对于这种结果,我其实还挺期待的。毕竟我的存在从一开始就是个错误。"

"每个人的存在都自有其意义,"我打断了她,"即使无人知晓,但起码我们都经历过了自己的生命,对于我们自己而言,本来就置身于存在之中。"

"或许是这样。"她再次转向窗口,"可是每个人都会消失,只是时间和形式的不同。每个人都会走向自身时间的尽头。对我来说,到现在我已经有点厌倦了。我感觉自己就像一具'空壳',无法感受平常人的情感,那些正常的喜怒哀乐好像总跟我隔着一层什么。与其这样,消失说不定是最好的解脱。"

看着她的样子,我一时间难受得说不出话来。

"很早我就发现了,对于别人最正常不过的事,对我来说却很难办到。他们会喜欢某些东西,厌恶某些东西;他们有向往,有恐惧,会伤感,也会被某些事所感动。可是这些对我来说好像都是空白,我很难理解。所以我尽量避免与别人发生关联。"

她对我微微一笑。"真是抱歉,"她说,"这段时间给你添了不少麻烦。"

"我想,人都是在某些瞬间感受到自己的存在的,"我说,"那些瞬间积累在一起，我们便接近了存在的奥秘。难道你一次也没有过这样的瞬间吗？"

"你现在说话越来越像诗人了，"她笑着说，"朗诵会已经结束啦。"

"既然说起诗歌，我还想多说两句。"我急切地说，仿佛是要辩解什么，"写诗确实让我强烈地感觉到了自身的存在。没错，在那些夜晚，我写下了许多莫名其妙的句子。很多年来一个问题一直困扰着我：我究竟为什么写诗？仅仅是为了表达吗？可我又为什么要表达？现在我似乎想明白了，写诗的意义是为了感觉自己的存在。此时此地，所思所想，都是我在这里的证明。正是这些内容构成了我，让我知道'我'究竟是什么。我相信，每个人都曾感受过这种时刻，写诗只是其中的一种途径，除此之外还有千千万万种途径。"

窗外，有鸟的低鸣。循声望去，依然找不到鸟的身影。赵柚坐起身，靠在床头，伸手拿起放在床头柜的水杯。杯里的水还微微冒着热气。她将水杯捧在手中。

"你所说的那些瞬间……"她出神地望着窗外，"其实我也感受到过。"

"我相信你感受到过。"我说。

"只可惜时间不够了。"她握着水杯，"心中的那个黑洞越来越大，即使我想要远离它，现在也没办法了。我已经和它离得太近了。"

"总会有办法的,"我说,"让那些瞬间更多起来,黑洞就会慢慢消失。"

"我感觉现在的场面特别像我读过的那些言情小说里的情节,"她轻轻一笑,"那里面的人总是相互鼓励,渡过难关。"

"侦探小说也是这样,"我说,"最后反派总会被绳之以法。"

"竟然扯到了小说上,"她长长地伸了一个懒腰,"我已经饿得不行啦……对了,饿是否也是存在的一种形式?"

"或许。"我说。

第十一章

1

接到投诉后,我赶到了瀑布旅馆。投诉的人是旅馆的老板娘,一个上了岁数的灰色头发的女人,体态健壮,平日里不苟言笑。我见到她时,她正愤怒地站在旅馆大厅。

"不知道抽什么疯。那个人把这里的植物全都拔出来了,"老板娘气哼哼地说,"在花盆里全都种上了书!"

不用问,她说的人是陈眠。我往楼上望了望。

"那可是我辛辛苦苦种起来的。"她伤心欲绝道,"都是娇贵的热带植物啊。"

"好了,"我安慰她,"我先上去了解一下情况。"

我来到陈眠的房间。他的门没有锁,我推门而入,看到他正背对着我坐在床沿,身上穿着睡衣,一动不动,好像在思索什么。我不愿打扰他,静悄悄地关上了身后的门。

"我知道你会来的。"他头也不回地说。

"这是怎么回事?"我看着屋子里乱糟糟的场景,说道,"又受什么刺激了?"

"这是一个庸俗的世界。"陈眠说,"书本将会被淘汰,世界以后再也不需要书本,不需要读书。或者说,人们不再需要严肃的书籍,书本将变成一个个小丑,唯一的作用就是逗人发笑。"

"那你就拔掉了旅馆的热带植物,都种上了书?"我讶异道,"难道你每天都在考虑这种问题?"

陈眠终于扭过脸,显然对我刚才说的话愤愤不平。"你不这么认为吗?"他说,"你的诗虽然写得很糟,但即使写得再好,也不会有多少读者买账的,这就是现状。"

"喂喂,"我说,"咱们先冷静一下。我想知道,你到底有什么问题?"

"莉莉离开我了。"他的声音黯淡下来,"她对我说,她喜欢的人是李尔,然后,我就被甩了。事情就这么简单。你还想听我详细说一遍吗?"

"不必了。"我坐到他旁边,拍了拍他的肩膀,"这种事不是你能左右得了的。她说得对,她有能力做出她认为正确的选择。"

"可是我还是想不通,莉莉怎么会选择那么一个粗鲁、无聊的自大狂?这个世界究竟怎么了?我想我还是应该多读点书,说实话我很迷惑。"

"有时我也很迷惑。"我表示赞同地握了握他的手。他看了看我,情绪慢慢稳定下来。我和他不言不语地并排坐了一会儿,然后，我对他说："眼前的事你打算怎么解决？老板娘很生气，这件事……"

"书是最美好的东西，"陈眠说，"那些热带植物有什么好看的？我敢打赌那个老板娘一辈子读的书也不会超过十本。这个世界到底怎么了……"

"暂时先不要管世界怎样了，"我打断了他，"还是眼前的问题比较棘手。"

"我可以用书的种子赔偿她吗？"

"估计不行。"

"今年很不景气，"他挠了挠后脑勺，"赔了不少钱。不过我还是有一点存款的，我赔给她就是了。"

"这样最好。"我说。

"不过……"他瞅了我一眼，吞吞吐吐地说，"这样一来，我口袋里恐怕就干干净净了，没有办法再继续住旅馆。我可以在你那里借宿一段时间吗？"

"当然可以，"我对他笑了笑，"反正我是一个人住，你抽空就搬过来吧。"

"那太好了！"陈眠重重地拍了两下我的后背，"有你这样的人在，这个世界看样子还有救……对了，彩排是什么时候？"

"明天。"我说。事实上，我已经不抱多少期望了。虽然"绵羊组合"的水平不敢恭维，但确实有很多人喜欢他们。相比较而言，爵士乐确实太古旧，也太无趣了。镇长完全可以让自己的侄子替换我们,而且不会引起多少争议。这就是我们的尴尬,尽管内心很不平衡,但我们能做的只有听天由命。

走出旅馆大门,我看着像小溪一样的瀑布,往水潭里扔了一枚硬币。说实话,我不太相信好运这回事。我更愿意相信人的运气是守恒的,当你在某些时候获得了好运,就可能在另一些时候霉运连连。这就像是一场游戏,只是我们不知道游戏的目的究竟为何。

"警官先生,好久不见。"

"长官"面带微笑坐在我的对面。"犀牛之翼"一如往常,闹哄哄的,我来时转悠半天才找到座位。我要了一杯酒馆调制的新品"内陆深处",慢慢地喝着。"长官"抽着一只烟斗,心情很不错的样子。"今天生意不错啊。"我说。

"是啊,""长官"笑呵呵地说,"我喜欢看这帮酒鬼摇摇晃晃地走来走去,喜欢听他们说些不着边际的废话。这些使我感到愉快,如果不出意外,我希望把这里当成我的归宿。"

"归宿……"我默念着这个词。

"怎么了?"

"没什么。"我回过神来,喝了两口酒。喧嚣声一浪高过一浪,连桌面似乎都在微微颤动。我看到有两个人走出大门,奇怪的是他们腋下都夹着一个什么东西,我看不清楚。又有几个人走出去了,每个人都夹着某种东西。

"他们胳肢窝里夹的是什么东西?"我问"长官"。

"哦,是柠檬。""长官"回答。

"柠檬?"我困惑不解。

"这是我新学到的一种解酒的方法,""长官"笑道,说着还朝自己的腋下比画了几下,"夹上一个柠檬,有助于解酒。所以顾客离开时我会免费赠送柠檬。"

"嗯……"

"这也是最近生意火爆的原因啊。""长官"有些得意地说,"年轻人,你要研究一下人们的心理。你想想,没有哪个妻子希望丈夫每晚都醉醺醺地回来,所以她们一定会尽力阻止自己的丈夫去酒馆鬼混。但如果亲爱的丈夫们回家时已经恢复清醒了,是不是感觉会好很多?起码妻子们不用担心醉醺醺的丈夫碰倒花瓶,是不是?说不定她们还会享受起丈夫在酒馆时自己难得的独处时光。"

"您真是经营天才。"

"长官"拿起酒杯,呷了一口,注视着我。

"警官先生今天好像不大开心。"

"只是最近有些累了。"我说。

"很多时候不要勉强自己,""长官"说,"你们可能会被替换的事我听说了,但这也只是你的猜测,是不是?说不定事情还会有转机。"

"但愿吧。"我苦笑道。

"长官"离开后,我独自将酒喝完,正准备走时,一个人坐到了我的面前。是拉松。他笑眯眯地看着我。"这位兄弟,"他说,"我能请你喝一杯吗?"

"啊,当然。"我怔了一下,说道。

于是我和拉松继续喝起来,有一搭无一搭地聊着。

"我有一种感觉,咱们以前应该是非常熟悉的。"他说,用一种期待的目光看着我。

"没错,咱们可以说是最好的朋友。"

"是吗?"拉松双眼放光,"能不能给我讲一讲?"

我跟他说了一些过去的事。他兴趣盎然地听着。"原来我以前真的是一个警察,看来他们没有戏弄我。"拉松不时点点头,"原来我还是你的老师。"

"真的什么都想不起来了吗?"

拉松点点头。"什么也想不起来了,但是有时会有一种模模糊糊的印象……比如说我一看到你,就会觉得特别亲切,而一看见墙上的照片,就会莫名其妙地心痛。"

我喝着酒,没有说话。拉松已经有些醉了。他望着酒馆里的人们,说:"尽管我什么也记不起来了,但我喜欢这个地方……干杯!"

看着拉松的笑容,就好像回到了我们最初认识的时候。那时,我刚来到小镇,也是在酒馆里结识拉松的。一切仿佛又回到了最初。

"以后你要多给我讲讲以前的事,"拉松说,"否则我肯定会闹笑话的。"

"没问题的。"我说,"不用担心。"

我送拉松回家时,无意中瞥到"长官"和一个年轻人坐在角落里,一边喝酒一边聊天。那个年轻人有些面熟。很快,我想起来了——他就是"绵羊组合"的主唱,镇长的侄子。"长官"跟他也相熟吗?我有些奇怪。

出门时,阿京站在门口,给每一个离开的人派发柠檬。

"一人一个柠檬,醒酒清脑。"阿京边说边塞给我一只柠檬,"警官先生也不例外。"

2

今天是彩排的日子。我提着黑色的盒子,从家里出来。天有点冷,空气紧绷绷的,云层像浸湿的毛巾般一层一层垂挂在天空。没有风,没有阳光,干燥,偶尔会看到一只光秃秃的鸟从头顶飞过。这样的天气令人抑郁,我的心情也有些压抑。

我们商量好在徐福家里集合,然后一起去彩排地点。李尔早早地来了,他、徐福还有松子坐在客厅的沙发上等我。我走进去时,他们一起看向我,但谁也没说话。看样子他们已经沉默了有一会儿了。我站在门口,冲他们点了点头。

"走吧?"我说。

"要不要吃些早餐?"松子站起来,对我说,"我可以做一些牛奶炒饭。"

我跟她说我没有胃口。

"好吧,"她有些无奈地抱着胳膊,"不吃早餐的话对身体可不好啊。而且,我说,你们一个个这样垂头丧气的,到底给谁看?就算是选不上,天也塌不下来。"

明知会被替换掉,谁的心里会好受呢?但是我不想跟松子争辩什么,她的话反而给了我一丝安慰。她属于那种能把一切事都想得很开的人,似乎在她眼中,这世上没有什么事真的值得在意。"没事的,"我对她笑了笑,"还不一定呢,说不定是我们多虑了。"

听到我的话,松子稍稍放松了一些。"加油,"她说,"我等你们的好消息……坏消息也无所谓,反正无论是什么消息,今天晚上都一样吃芒果馅饼。"

几分钟后,我们三个并排走在街道上。

宽慰的话很快就随风飘散了。沮丧的情绪再一次笼罩在每一个人的心头。我们三个无精打采地走着,就像是刚刚从葬礼上回来。有几个孩子从我们身边跑过去。

"真的没办法吗?"过了好久,李尔终于说出了今早的第一句话。

"估计够呛。"我说。镇长的意思再明确不过了,那个小老头找我谈话,无非是不想让我们被替换后太过吃惊。他知道我们懂得这个道理。

"如果是因为实力不济我完全可以接受,但现在这样实在是太不公平了……"李尔愤怒地说,同时大跨步地往前走。他只要一有心事,就会步履飞快。我和徐福费力地跟上他。

"但是专业的听众毕竟是少数,"我说,"你说自己有实力,但又如何证明呢?大家更愿意听轻松一些的小调,就算我们被替换了,也不会有人觉得不妥。"

"真是窝火啊。"李尔说。

"即使是这样,"徐福突然开口道,"咱们也要展示出最好的实力才行,否则,咱们就真的被淘汰了。"

"淘汰还有假的吗?"我不解。

"我说的是这里。"徐福指了指心脏的位置,"如果咱们就这样自暴自弃了,被淘汰后恐怕心里会更不好受吧?"

"你说得对。"李尔说,"不能让他们真的以为咱们是一帮没有实力的尻蛋。"

"那当然,"我说,"不管结果如何,我今天一定会拼尽全力。"

徐福显得很高兴,他跑到前面,对我和李尔说:"咱们击个掌如何?要振奋起来啊。"说着,他伸出手,等待着我俩。

"太傻了……"李尔摇了摇头,走了过去。

"还是算了,"我拍了拍徐福的肩膀,"这毕竟是一件悲伤的事。我还没缓过来呢。"

彩排的地点就在"犀牛之翼"。我们到达时,酒馆里已经挤满了人,都是将要参加"无意义节"表演的。奇怪的是,我们并没有见到"绵羊组合"。难道他们不用参加彩排就能替换我们吗?这实在太令人气愤了。我们三个互相对视了一下,心里暗暗较着劲儿。

"忘了告诉你,"等待别人彩排时,李尔悄悄在我耳边说,"我今天写了一封谴责信,就在我的裤兜里,一会儿我会在彩排时当众戳穿镇长的阴谋。"

"这样合适吗?"我有些担心。

"那个小老头必须为此付出代价。"李尔恶狠狠地说。

我的理智告诉我,这一定会适得其反,但李尔已经认定的事,一般很难挽回。我只能不安地等待着他在台上的爆发。

终于轮到了我们。李尔表情肃穆地首先登上台。镇长坐在最前排中间的位置。我想如果眼神能够杀人,镇长早就被撕成碎片了。李尔站在台上,冲着镇长怒目而视。

他掏出一张折叠起来的信纸,大声咳嗽了两声。

"各位,排练之前请先听我说几句,我下面要说的这件事实在太恶心了……该死,"李尔边说边打开信纸,他的声音忽然小了下去,"我好像拿错了……"

尽管舞台上灯光黯淡,我仍可以看到汗水正顺着李尔的额头流下。我连忙来到他身旁,悄声问:"怎么了?"

"今天出门太急,我好像拿错了。"李尔极度痛苦地说,"我把欠条拿过来了……"

"欠条?"

"莉莉最近想要买新衣服,我就借了点钱……"李尔用手胡乱地抹了一把脸,"这下完了,没有稿子我什么话也说不出来。"

"你们嘀嘀咕咕说什么呢?"镇长坐在台下不耐烦地说。

"算了,"我其实松了一口气,"先排练吧。"

这次我们准备的是弗雷迪·胡巴德的代表作《芝麻开门》。这首曲子原本速度就很快,这次排练李尔索性将它临时改编成了自由爵士,将音符吹得比以往还要迅猛,像是发泄一般铺天盖地,似乎想用音符将镇长埋葬。我不禁暗暗捏了一把汗,害怕他再吹出火焰来,烧了酒馆可就闯大祸了。

不过,这回我们发挥得都很好。徐福的钢琴完美地衬托着李尔的演奏,一次次将曲子推向高潮,而我的萨克斯身不由己似的被推着往前一路猛冲。一曲终了,我们已经精疲力尽。

"很好。"我们走下台时,"长官"过来对我们说,"希望正式演出时也能这么精彩。"

"什么?"我以为自己听错了,"正式演出?"

"有什么问题吗?""长官"显出很诧异的样子,意味深长地眨了几下眼睛,"'绵羊组合'的主唱昨晚喝过头了,今天没法来排练。因此重担就交给你们了,应该没问题吧?"

我们惊讶地站在原地,什么话也说不出。

"这是怎么回事?"我反应过来后问道,"他怎么会无缘无故地喝醉?"

"年轻人总是有贪杯的毛病,""长官"说着瞥了一眼仍坐在观众席的镇长,"昨晚我心情好,就免去了他的酒钱。谁知道他喝了个没完没了,最后还是阿京和几个伙计给他抬回去的。估计现在还在家里用柠檬醒酒呢。年轻人啊,就是控制不住自己,能怪谁呢?"

3

我与赵柚严阵以待。

"应该快来了吧?"我问。

"应该快了。"赵柚回答。

这是一个无风的午后,阳光暖洋洋地照在草丛上,那些白色的小花尽情舒展着,呼吸着森林中略带甘甜的空气,一点也没有担惊受怕的样子。我和赵柚盘腿坐在一旁的草地上,刚刚吃完了浆果面包,此时正在品尝松子送给我的海藻茶。茶的味道很好,喝完后感到神清气爽。赵柚一小口一小口抿着,盯着那台二手录音机。

没什么事做,我提议打开收音机听一首曲子。

"你不知道什么叫打草惊蛇吗?"赵柚严正拒绝,"它们听到曲子就不会来了。"

"好吧好吧。"我说着又倒了一杯茶。茶的香味与新木的味道混合在一起,实在妙不可言。我情不自禁地躺在草地上,望着天空中纹丝不动的浮云。春天就快要到了。

"排练怎么样?还顺利吗?"赵柚问。

"比想象的好,"我说,"真没想到,最后有惊无险。"

"那挺好的。"赵柚说,"在消失之前能看到你们正式的演出,挺好的。"

我坐起身,看着她。赵柚微微仰起脸,沐浴着阳光,露出猫咪般享受的表情。我轻叹了口气,说:"别胡说,这些都只是慕医生的猜测,谁告诉你这种事一定会发生的?"

"我心里有数。"赵柚笑着说,"那种什么东西正一点点消逝的感觉,我比谁感受得都清楚。消失是必然的,我也一点都不害怕。只不过,现在有了一点不同……"

"不同?"

"是啊,不同。"赵柚舒服地伸了个懒腰,也躺在了草地上,"以前我对消失没有任何想法,甚至还有一些期待。可是现在,我好像有了一点遗憾的感觉。这种感觉我也说不好,总之,就是觉得自己真的消失了,应该会留下遗憾吧。"

"这个不就是对存在的感知吗?"我说,"你只有在确认自身存在的情况下,才会以此为基础感到这样或那样的遗憾。"

"是吗?"赵柚仿佛陷入了思考,沉默了好一会儿。这期间,只有云朵在以不易察觉的速度缓慢挪动着。

"但是逝去的东西已经无法挽回了。"她像是叹息般地吐出了这句话。

正当我想说什么时,她忽然坐起身,示意我不要说话。然后,她闭上眼睛,侧耳倾听。"来了!"她说,"准备好……"

我连忙抱起录音机,将手指放在播放键上。

我们这次专门为驱逐"食花蛇"而来。这是一种靠吞食各种花朵为生的蛇类,或许是冬天快结束的缘故,最近它们开始猖獗起来。当我们发现时,我的那些白色小花已经被吃掉了三分之一。

不过这种蛇有一个弱点:当它们听到交响乐后,就会全身僵硬,束手就擒。

果然,我看见六七条"食花蛇"快速朝白色小花移动了过来,几乎眨眼的工夫就已近在咫尺。赵柚冲我点了点头,我当即按下播放键。从录音机里传来了柴可夫斯基《冬日梦幻》的音乐声。我对交响乐一窍不通,磁带是我随手买的,音质很差,不过效果显著。第一乐章还未放完一半,那几条"食花蛇"已经僵直了身体,再也动不了了。我们走过去,捡起变得如木棍一样僵硬的蛇,像标枪运动员般使足了力气投掷到远处。

"这样一来,它们长了记性,暂时应该不会来了。"赵柚说。

花朵们似乎知道自己已经得救,愉快地微微晃动起来。

"我带你去一个地方。"我说。

"什么地方?"赵柚转过脸来,明亮的眼睛看着我。

"跟我来吧。"

这是纯粹的黑暗。我们安静地坐在这纯粹的黑暗中,什么也看不见,只能听到彼此的呼吸和身体移动时传来的细小声响。就连呼吸也不自觉地慢下来,降低到最弱,和屏气凝神差不多——这似乎是人们置身于黑暗时的本能反应。

这是一间地下监狱,就建在警局的地下室。可是这么多年了,它一直形同虚设。平日里,我会抽出一点时间,下来打扫打扫,清洗一下,否则它很快就会被灰尘和蛛网覆盖,我可不希望这里变成饲养昆虫和老鼠的地方。

监狱里只有一盏微弱的灯泡还勉强能用。即使在白天,上面的光也透不下来,因此如果不开灯的话,这里总是一团漆黑,仿佛里面埋伏着什么不好的东西。有时,打扫完卫生,我会故意关掉灯,在黑暗中坐一会儿。每当这个时候,我的内心都会涌现出某种奇异的感觉。黑暗好似另一个世界,在这个世界中,我的身体被取消了,只有意识还存在着。

现在,赵柚在我的左边,我可以感觉到她,她的呼吸,她的温度,还有一些说不清道不明的东西。黑暗柔和地包裹着我们。

"你经常来这里吗?"赵柚的声音回响在监狱的墙壁之间。

"也不算经常,"我说,"偶尔会下来坐一坐。"

"为什么带我来这里?"她问。

"我也不知道,"我说,"忽然想到了这里,就带你过来了。可能是因为在这里我能感受到与平时不一样的东西,希望能够与你一起分享。"

她笑出了声。"分享什么?分享黑暗?"

"有何不可?"我回答道。

黑暗中,我们的言语似乎也变得短促,说出来立刻就被吞噬了。大部分的时间里,我们都是沉默的。我的思维在黑暗中流动得很快,我相信她也是。很多念头在我的心中倏忽而来,又倏忽逝去。我任由它们在我的脑子里窜来窜去,事实上,我很享受这个过程。正是在这种排除了一切干扰的环境中,我可以无比清晰地感受到"我自己",尽管这可能也只是一种幻觉……

"你想到了什么?"我忍不住问。

"你先说。"

"我想到了父亲。"我说。确实如此,在如流沙般变幻不定的思维之域里,此时此刻,我想到了失踪的父亲。他会不会并不是失踪了,而是也得了关于存在的病症而消失了呢?我知道他不会再给我答案了。但是,就算他从这个世界上消失了,难道就真的不复存在了吗?他不是还存在于我的记忆中,存在于我的心里吗?是否可以这样理解——每个人的存在其实也是由他人的存在构成的，我们每个人，其实多多少少都是构成他人存在的一部分？也就是说，我们共同分担着"存在"，共同构成了"存在"。

我想将这些话说给赵柚听，但是和她一样，我也是迷茫的，我想在某一天，我或许会对这些事情有所领悟，但在那之前，我决定缄口不言。

"轮到你了。"我说，"你想到了什么？"

"我想让你摸一下我。"

"哎？"

"是的。"赵柚在黑暗中说，"我想让你紧紧地抱住我，现在。"

于是，我们在黑暗里摸索起来。我将她拥在怀中，她亦紧紧地搂抱着我。"这是我的脊背，"她轻声地在我耳边说，"这是我的脖子，我的锁骨，我的胸，我的腰，我的肋骨……这些你感受到了吗？"

"我感受到了。"我认真地回答道。

"这样你会觉得有些滑稽吧……"她说，"可是我就是想让你好好地抚摸我，全部的我，我希望能够让你记住。别的人我不管，但我希望你能够记住我，这是我的请求，可以答应我吗？"

"我答应你。"我说。

第十二章

1

某个晚上,我去拜访了拉松。自从失忆后,他每天都过得很开心。我们偷偷地将拉松妻子的照片都收了起来。我们也不知道这样做对不对。从内心深处来说,没有人希望他回想起那段痛苦的往事。这算是欺骗吗?或许吧,但怎么说也是"善意的谎言"。

我和拉松来到溪流边,钓了一会儿鱼。那个时候天空已经暗下来了,溪流看起来像一条昏暗的毛巾。过了很久,我们一无所获。后来我们干脆收起鱼竿,开始吃罐头,作为晚餐。今夜的天空有些阴沉,星星如同在天空中割开的眼睛,艰难地睁开眼皮。

"我还想听听过去的事。"拉松一边用勺子挖着罐头,一边对我说。

这段时间以来,我俩每次见面,我都会跟他说一些我还能记住的往事。他总是津津有味地听着,像一个听大人讲故事的小孩,不时迎合地点点头,只不过,他听的都是自己曾经经历过的故事。

我有些犯难。该讲的都讲得差不多了,还有什么可说的呢?虽然我跟拉松的关系非常不错,可每天也无非是吃吃喝喝,或者四处晃荡,这样的生活,三言两语就说完了。我只好尴尬地笑笑,对他说:"我所知道的就这么多了,你还可以问问别人……"

"我心里清楚,你们对我有所隐瞒。"他喝着罐头里的汁水,并不看我,"有一些事情,你们不想告诉我。"

"呃……"我不知如何回答。我手里紧握着打开的罐头,却一点胃口也没有。

"那个女人是我的妻子吧?"拉松吃完了罐头,放在一旁。他转过头,注视着我。我避开了他的眼神。"我们之间是不是发生了什么事?"他慢慢地说。

"你很爱她。"我小心翼翼地斟酌着词语,"但是她已经去世了,你们以前非常恩爱,所以她去世后你很伤心,后来……"我将他制造"时光机"导致失忆的前前后后都叙述了一遍,当然,我没有讲那天他告诉我的关于她死因的那部分。

"原来是这回事……"他叹了一口气,胡须上沾着一滴晶莹的罐头汁,"我失忆的原因总算是搞明白了。最近我总会梦到她,不知道为什么,每一次在梦里我都会非常痛心,现在总算知道怎么回事了。不过,你还有其他要告诉我的吗?"

"其他是什么？"我不免有些心虚。

"我也不知道。"他摇了摇那颗硕大的脑袋，"我只是觉得，记忆里好像有什么东西不想让我去触及，我知道它很重要，但是它却像鱼刺卡在嗓子眼里一样。我使劲儿地回想，却怎么也想不起来，所以我想问你是不是知道些什么？我不想稀里糊涂地过完下半辈子。"

说话间，他用恳求的目光望着我。

"你可以告诉我吗？"

我低下头，盯着罐头的包装纸。那上面是一条鱼，似乎在向顾客介绍自己有多么美味。这世上怎么会有这么傻的广告？无法理解。

"没有了。"不知过了多久，我抬起头，看着他说道，"我知道的已经全都告诉你了。"

"我相信你。"他朝我露出了微笑，"或许是我多虑了。"

走在回家的路上，我的心情有些低落。我不知道自己为什么那一刻会如此坚定地隐瞒了事情的真相。我清楚，拉松有权利知道事实到底是什么样子，按照拉松的性格，他一定是希望我告诉他所有真相的，他希望去承担，而不愿意当一个逃避的懦夫。

可是，我终究没有勇气说出真相。我不想让他再次背负这种折磨。这算是我自作主张吗？甚或是，这算是一种背叛吗？

我心烦意乱地回到了家。陈眠为我开了门。他已经在我家住了一星期了,并且似乎越来越习惯了这里的生活。我给他安排在二层那个闲置很久的阁楼上。

"刚才灰原的妈妈来找过你。"陈眠拿出一罐啤酒,独自喝着。

"哦?她有什么事吗?"我问。

"不知道,"陈眠说,"她说明天上午还会再来。"

我觉得累极了,脱下外衣躺在床上就迷迷糊糊地睡过去了。我隐约听到陈眠说:"时间还早,要不要下一盘棋呢……"

第二天,我醒来时发现陈眠已经穿戴整齐,正坐在椅子上看着我。见我醒了,他将早餐用一只大碗端到我面前,继续笑眯眯地看着我。

"请用餐。"他说。

碗里是他熬的南瓜粥。我接过碗,疑惑而警惕地盯着他。他不自在地走来走去。

"说吧,"我对他说,"你想对我说什么?"

"咱们是朋友对吧?"

"你到底想说什么?"

"我想,既然是朋友就应该坦诚相对。所以我要对你坦白一件事……"他搓着手,但依然保持着一种优雅的笑容,"其实我这次来小镇不是度假的,而是过来躲债……"

"躲债?"

"我的出版公司倒闭了,"陈眠说,"欠了一屁股债。你知道,行业非常不景气,书种出来根本没人看,总有一些人在你耳边烦你,说什么种书还不如种青椒。当然这不是重点,后来我又开了一家老式打字机专卖店,有人告诉我现在又开始流行复古了……当然,后来我一台也没卖出去,又欠了更多的钱,我现在根本回不去了……"

"这么说,"我点了点头,"你送我的打字机其实是你的库存?"

"也可以这么说,反正都砸我手里了。"陈眠的笑容消失了,"如果你认识有其他人也想要的话,我可以打折……"

"我不是推销员,"我说,"再说了,就算我要改行当推销员,也不会推销什么打字机。"

"那当然。"陈眠说,"粥要凉了,你要不要先喝一口?"

我喝了几口粥,尝不出什么味道。我放下碗,对陈眠说:"那你现在有什么打算?"

"我不知道,"陈眠坐回椅子上,好像很冷似的抱着胳膊,"可能找个工作,先把债还上再说。"

"你有兴趣当警察吗?"

"什么?"陈眠讶异地看着我,"你是说让我跟你一起干?"

"当然你还需要受训,还得有镇长的批准才行,不过如果你愿意的话,我可以争取一下。"我喝了一口粥,继续说:"怎么样?"

"太突然了。"陈眠说,"我还没有准备好。"

"其实并不难……"

这时,我们听到了敲门声。我起身开门,看见灰原的妈妈正站在门外。"请进。"我对她说,"不好意思,昨天让您白跑了一趟。"

"我这次来是想跟您说一件事。"她说。

我拿出久违的笔记本,开始做笔录。事情大致如下:1.最近,灰原的妈妈发现灰原在深夜偷偷溜出家门,直到后半夜才回来,不知道去干了什么;2.这样的事情连续发生了很多次;3.最近的一次,灰原妈妈曾尝试跟踪灰原,发现灰原进入了森林,灰原妈妈由于害怕没有继续跟踪,但她很担心儿子的安全。

"森林?"我摸了摸下巴,"去森林干什么呢?"

"这正是我请求您解决的问题。"灰原妈妈说,"一个小孩子去森林那种危险的地方干什么呢?真是让人担心死了。"

"森林其实并没有想象中的可怕……"我咕哝道。

"您说什么?"

"呃,没什么。"我回过神来。

"您为什么不直接问您的儿子呢?"陈眠插话道。

"这孩子跟我很难交流,"灰原妈妈神情黯然地说,"什么事从来不跟我说,房间也不让我随便进。如果我直接去问,恐怕他也不会告诉我。"

"好吧。"我合上笔记本,"这件事就交给我们吧。"

"我们?"陈眠怔了一怔。

"那就太谢谢您了。"灰原妈妈连声道谢。

"这是我们应该做的。"

2

"你干吗拉我过来?"

"为了让你提前进入工作状态。"

"喂,我还没答应要当你的助手啊。"陈眠着急地辩解道。

"虽然你是我的朋友,"我告诉他,"但是你总不能永远在我这里混吃混喝吧?帮我一点忙不成吗?"

"一个小孩子的事,还要我来帮忙?"

"你就少说几句吧……"

"他出来了!"陈眠忽然压低声音说道。

果然,一个小小的黑色身影从门口闪出来,朝森林的方向小跑而去。我朝陈眠使了个眼色,我们一起悄悄地跟了上去。灰原的步子很快,加上夜色浓稠,我们差点就跟丢了。陈眠的体力比我还好,跑在前面,不时回过头对我说:"你倒是跟上啊。"

"你可真能跑。"我跟在后面说。

"都是躲债的时候练出来的。"陈眠解释道。

说话间,我们已经进入森林。灰原的身影在前方一晃一晃的,我们怕被他发现,不敢跟得太近。他好像对森林里的路很熟,一次也没有停下脚步，坚定地朝某个方向一路狂奔。我们紧紧地跟在后面，想要看看这个孩子究竟在搞什么鬼。

终于，在一个山洞前，他停了下来。我们在不远处观察着他。只见灰原在洞口站立片刻后，走了进去。我和陈眠等了一小会儿，不见他出来，便来到洞口。我朝里面张望了一下。四下一片漆黑，什么也看不见。虽然看不见，但说话的声音却从里面清楚地传了出来。

"今天感觉怎么样？"这是灰原的声音。

"好多了。"这个声音无比熟悉，我简直不敢相信自己的耳朵。

"我给你带了面包。"灰原说。

"谢谢你。"那个熟悉的声音说。

我闭上眼睛，感觉大脑开始晕眩。但我顾不上那么多了，我拿出事先准备好的手电筒还有手枪，冲了进去。手电筒的光芒立刻刺破了洞穴的黑暗，和我预想的一样，灰原的身边趴着一头狼。"别动！"我用手枪对准那头狼，喊道。

那头狼似乎受伤了，一条腿上缠着白色绷带。它趴在那里，安静地望着我。

"我们终于见面了。"过了半晌，那头狼开口说道。

"是啊。"我说，我的手在不易察觉地微微颤抖，"真没想到，在窗外跟我聊天的那个神秘人竟然是你。"

"是我。"狼说。

"你要干什么？"灰原从最初的震惊中回过神来，站在狼的前面。

"你躲开。"我说。

"我不躲开。"灰原说,"它是我的朋友,我不准你伤害它。"

"这到底是怎么回事啊?"陈眠的声音在我身后响起,他显然被眼前的一幕搞得一头雾水。

"它是我的朋友。"灰原说,"一个真正理解我的朋友。"

"可是……"我稍稍放低了枪口,"当初你为什么还要来报案呢?"

"那是我第一次见到它,"灰原说,"当时我确实很害怕,觉得遇到了怪物。可是有一天晚上,它又来了,它告诉我它不会伤害我,只是想找一个人聊聊天。那天晚上我们聊了很久,我发现它是一头很善良的狼,它可以真正地理解我,听我说话,而不会像母亲和其他大人那样只会告诉我'不要胡思乱想',只把我当成什么都不懂的小孩子。从那以后,它经常在半夜来到我的窗前陪我聊天……"

"所以后来你就骗了我,说狼是你的想象。"我说。

他没有回答我,而是回过头注视着狼。"你是我真正的朋友。"灰原轻声说。

"谢谢你,小原。"狼说。

"应该是我谢谢你才对。"灰原露出了笑容,"在那之前,我真的很孤独,是你一直陪伴着我。我之前从来没有朋友,你是我的第一个朋友。"

"我希望小原的朋友可以越来越多。"狼说。

"你到底从哪里来?"我问。

"跟所有其他的狼一样,我生在狼群中。"它说,"但是我生下来就跟其他的狼不一样,我不知道怎么回事,我好像有人类的思维。这很痛苦,因为我根本无法适应狼族的丛林法则。我的同族们,它们没有思想,只是依靠本能活着。这样的生活我无法接受,我注定要离开它们。后来,我去了很多地方,见到了很多真正的人类,但他们对我很恐惧,他们不会停下来听我说说话,而是拿起枪,四处追杀我。有几次,我差点就死掉了。所以我知道,我融入人类社会也是不可能的。我只能四处游荡,东躲西藏,既无法回归狼群,也没办法亲近人类。那段时间我真的很迷茫,我觉得作为一个怪胎,还不如去死。但是慢慢地,我发现人类中有一些人很孤单,或者说,有一些孤单的时刻,在这些时刻,他们缺少真正可以倾诉和理解他们的人。似乎只有他们能够接受我。于是,我四处去寻找这些人,陪他们聊天,并从中了解到了人类的迷茫和各种情感。尽管依旧很危险,但在这个过程中我很快乐,我找到了归宿。我愿意和人类做朋友……尽管这可能只是一个天真的梦。"

它凝视我,那分明是一种人类的目光。

"警官先生,"它说,"不管你今天会不会杀了我,我还是想问一句,在那些夜晚,你曾经把我当作朋友了吧?哪怕仅仅是几分钟,你也想过,'这个家伙会是我的朋友'吧?"

我没有说话。我回想着那些夜晚,那个从不露面的"怪人",我们隔窗彻夜的交谈。

"好了,警官先生,如果你要杀掉我,我无话可说。"狼说,"我明白,这是你的责任。"

"为什么要杀死它?"灰原挡在它前面,带着哭腔,"为什么?仅仅因为它是一头狼?仅仅因为它看起来很危险?难道那些看起来很危险的东西,就必须要除掉吗?"

"是啊,我也想问……"陈眠小声附和道。

"你闭嘴。"我心烦意乱。我看看灰原,又看看那头会说话的狼。它已经平静地闭上了眼睛。这个怪物。我真的曾经把它当成过朋友吗?

"你走吧。"我说,"我不会杀你,但是你必须离开。我不想让小镇陷入恐慌。"

"明白。"狼睁开眼,说,"但是离开前我还有一个小小的请求。"

"请讲。"

"我可以听听警官先生在节日上的演奏吗?"狼说,"我经常听到警官先生在夜里练习那种乐器,可我还从未见识过真正的演出。不知能否让我听一次?"

"这个……"我有些为难。

"拜托了。"狼说。

3

小镇一年一度最盛大的节日——"无意义节"终于就要开始了。这一天,我早早地起了床,穿戴整齐,拿出萨克斯试了试音,然后又放回盒子里。我站在镜子前,反复查看有没有别扭的地方。一切都很完美。我的心脏仍怦怦跳个不停。这是我们乐队的第一次正式演出,我们将要面对的是几乎所有的小镇居民。我心里开始数数:一、二、三……数到十五的时候,就从头开始数。这样能使我平静下来。我反复数了好几遍,直到陈眠吃完早饭,呆呆地看着我。

"你干吗呢?"他问。

"没什么。"我说,"你今天真的不去看我们的演出吗?"

"我不想见到李尔那个家伙。"

"好吧。"我说。

我走到狼的面前。它也早就醒来了(或者根本没有睡),安静地趴在角落里。我拿出一条链子,对它说:"让你受委屈了。"

"没关系。"它主动探过身。我将链子套在它的脖子上,然后牵着它走出了门口。外面是一派繁忙的景象。街道上全是小镇居民,大家都在往演出的方向行进。这种场景是不多见的,尤其在冬天,这个时间居民们一般都在睡大觉,可现在,几乎所有人都出动了。人们互相打着招呼,面露笑容,三三两两地聚在一起,一边交谈一边往前走。我牵着狼混迹在人群中,心中不免有些紧张。

"警官先生早!"几个孩子跑过来,跟我打招呼。

"你们早。"我露出亲切的微笑。

"你牵着的是狗吗?"其中一个孩子果然注意到了。

"孩子,是狗。"我笑着说。

"可它怎么那么像一头狼?"那个孩子说道。他的声音很大,引得旁边的几个大人也往这边瞧过来。我的心悬到了嗓子眼。

"这是狼狗,"我尽量不露声色,"是警犬。"

"哇,原来这就是警犬!"孩子们很兴奋,他们围着它,满是抑制不住的好奇,同时又有一些畏惧。"我可以摸一下它吗?"一个孩子怯生生地问我。

"不可以。"我说。我加快了脚步,终于甩掉了那几个孩子。

演出场地在海边,位于海鸥餐厅和码头之间的一大块空地上。我到时,这里已经挤满了人。很多人都带来了他们养的宠物,有狗、鹦鹉、乌龟、马等等等等,设有"动物寄存处",由工作人员统一管理。我正准备将狼送到"动物寄存处",忽然有人拉住了我的胳膊,我回头看去,原来是李尔,他身后还跟着莉莉和松子。

他们都是一副很着急的样子。

"怎么了?"我问。

"徐福不见了。"李尔说。看样子他已经找了有一会儿了,此时满脸都是汗,"松子告诉我说他一早就不知道躲哪儿去了,怎么也找不到。"

"阿福的人群恐惧症又犯了。"松子说。

这可是一件棘手的事。眼看演出在即,如果找不到他,这次必定是彻底砸了。由于事情太过棘手,我一时间愣在了原地,没有丝毫反应。他们奇怪地看着我。这时,我手中的链子响了起来,是狼在晃动脖子,并且用眼神告诉我它有话要对我说。

"你什么时候养了一头狼?"李尔这才注意到了我用链子牵着的东西。

"胡说,是狼狗。"我瞪了他一眼,然后我带着狼稍稍离开他们,蹲下身子。我装作抚摸它的样子,将耳朵凑过去。它低声在我耳边说:"我可以帮你们找到他。"

"真的?"

"我可以根据味道找到他。给我一件他用过的东西就可以。狼的嗅觉也是很灵敏的。"

"那你可帮了大忙。"

我兴奋地站起身,回到李尔他们身边。他们用疑惑的眼神盯着我。

"你刚才在跟你的狼狗说话吗?"莉莉有些诧异地问我。

"我只是在想办法,"我连忙将话题岔开,"现在办法想到了。松子,你身上有徐福用过的东西吗?"

"这个可以吗?"松子说着拿出了一副白色的手套,"这是他戴过的手套,是为不得不跟别人握手时准备的……"

"太好了。"我拿过手套,让狼闻了闻。它立刻仰起了头,朝一个地方奔过去。我们跟在它后面跑。转过一片礁石,我们来到一处海崖前。这里正好隔绝了外面的嘈杂。徐福正抱着腿坐在一块岩石上,对着面前的海湾发呆,看见我们来了,他惊讶得不知所措。

"你们怎么知道我在这儿?"徐福转身想跑,只听松子大喝一声:"站住!"把我们都吓了一跳。徐福就像是突然被冻住般纹丝不动。

我们走过去。

"怎么,你又想逃吗?"松子站在他身边,一只手扶在徐福的肩膀上。

"我不行的……"徐福低着头,不敢看松子的眼睛,"我一定会把演出搞砸的。今天的人太多了,我一看见他们就觉得全身僵硬,脑袋像是要爆炸一样……"

"搞砸又有什么了不起呢?"松子拉住徐福的手,"不过就是一场演出而已。你知道我当初为什么会喜欢上你吗?"

"为什么?"徐福抬起头,愣愣地注视着松子。

"你个傻瓜。"松子露出了笑容,"因为我觉得你跟所有人都不一样。我刚认识你那会儿,你每天都是深夜才来,故意躲开其他客人。你来了也不说话,只是要一份炒饭或者啤酒,在角落里默默坐着。"

"那是因为我有人群恐惧症……"

"可我就喜欢你这个样子。"松子说,"如果你像别人那样喜欢热闹,有许多狐朋狗友,那你就不是徐福了。我一点也不想让你改变。不过,有时我也很期待阿福能在众人面前亮出绝活,让人们大吃一惊呢,如果是这样,我也会很高兴。"

"可是我没有把握……"

"有什么关系呢?你就当为我一个人演奏,我会好好领受阿福的这份心意。"

徐福抬起了头。他仔细地打量着松子,好像在寻觅着什么。

"我明白了。"徐福说,"我会努力让松子听到世界上最美妙的音乐。"

4

现在,我们站在台上。

底下是黑压压的观众。这是我们第一次面对这么多观众。我闭上眼,感觉手中的萨克斯在微微颤动。忽然,一切都变得寂静了,我仿佛听到一个声音在我耳边说:"你要记住,不管外面的世界想怎么改变你,你内心都要有一处属于自己的地方。只有在那个地方,你才是真正的你。"

谢谢你。爸爸。我在心里说。

我睁开眼,依旧是嘈杂的人群。我在人群里寻找赵柚的脸庞。

人太多了,我没有找到,但我知道她一定在某个角落里,正静静地注视着我。想到这儿,我的心一下子平静了不少。

我冲李尔和徐福点了点头。

音乐声响起。

尾声

"冬天就这么过去了。"

"是啊,好像什么也没干。"

我和李尔在"犀牛之翼"的角落里喝着啤酒。今天我们商量好了,不醉不归。酒馆里尽是看完演出来消磨时间的年轻人。灯盏的颜色不停变幻,有时我会觉得这里像一艘在茫茫黑夜中永远行驶的船,前方是不可知的未来,或许会有暗礁或冰山,但是此时此刻,每个人都在寻欢作乐,音乐声仿佛永不停歇。我喜欢这样的感觉。

我一口气喝完了杯中的酒。

"你们原来在这里啊。"有人拍了拍我的肩膀,我回头看,是"长官"。他笑嘻嘻地坐在我和李尔旁边的位子上。"今天的演出怎么样?"

"哎?"李尔愣了一下,"你没有去看吗?"

"不好意思,""长官"愧疚地说,"我一整天都在收拾东西,所以没时间去看。"

"收拾东西？"

"是啊，我就要回去了。""长官"平静地说。

"回哪儿去？"

"回到那个岛上，我爱人埋葬的地方。"

我和李尔惊讶地对视了一眼。"可是……"事情太突然，我惊讶得说不出话来，"他们不是把你流放了吗？"

"是的，不过最近岛上遭到了外族的侵略，""长官"说，"事态很严重，我准备回去，跟我曾经的兄弟们并肩作战。"

"我一定是听错了，"李尔摇着头，嘀咕道，"今天的酒劲儿真大……"

"你没听错。""长官"微笑着说，"我不愿意让敌人糟蹋我的爱人曾经生活过的地方，就是这么简单。"

"那酒馆怎么办？"我问。

"只能暂时交由别人管理了。""长官"沉默了一会儿，说："阿京是一个好小伙，我相信他可以担负起维持酒馆的任务。不过放心，我很快就会回来的。"

这时有人喊他，"长官"便起身离开了。我们又继续喝起来。

"不可思议，"李尔摇着头说，"真搞不懂他说的这些到底是真的还是假的……"

"我相信他。"我说，"'长官'不是一般人。"

"好吧。"李尔撇了撇嘴，"这点我承认。干杯。"

我们干杯。

"今天的演出真是太精彩了。"是阿栗的声音。我连忙回头,看见阿栗和慕医生正站在我的身后。

"我很喜欢你们今天的演奏。"阿栗说,"比我以前听到的还要好。"

"阿栗总是喜欢鼓励人。"我笑了笑。

"不是鼓励,是真正的称赞。"阿栗笑着说,"对了,我要告诉你一件事,我和慕医生准备去结婚旅行,我们可能要离开小镇一阵子。"

"结婚旅行……"我小声重复了一遍。

"是的,我们已经筹划很久了。"慕医生开口道。

"祝你们幸福。"我对阿栗说。

"我们都会找到属于自己的幸福。"阿栗的眼神中散发着我从未见过的光彩。

他们走后,我和李尔一时间谁也没有说话。两杯酒下肚后,李尔说:"你真的准备放弃了?要是换作我,我一定要跟那个慕医生决斗。"

"我没心情跟你开玩笑。"我说。

李尔笑了,"我知道这种事强求不来。所以你也别太难过了。"

"你和莉莉现在怎么样?"

"好得很。"李尔说,"莉莉最近开始疯狂地买衣服,因为小镇上来了一个时装推销员,每天都往我们家跑。说实在的,我很担心现在莉莉正跟他在一起……"说着,他好像打冷战似的缩了缩身子。

"别瞎想。干杯。"我说。

"干杯。"

"这个冬天就这么过去了。"李尔感叹道。

"是啊。"我说,"好像什么也没干。"

我走在去海边的路上。我原本打算喝完酒回家的,却临时改了主意。我突然想去海边吹吹风。酒精在我体内像鸟类般鸣叫着。我跌跌撞撞地走着。四周一团漆黑。我看着眼前黑漆漆的道路,莫名有一种感觉:我永远也到不了海边了。

但是海的声音很快就传进了我的耳朵里。就在我穿过一丛灌木、准备抄近道时,我听到了熟悉的声音。那个声音就在附近,对我说:"谢谢你。"

"谢我什么?"我停下脚步,身体仍旧摇摇晃晃。

"真是一场美妙的演出。"那个声音说,"我好像终于理解到人类所谓的音乐是怎么一回事了。所以要谢谢你。"

"你要离开了吗?"我问。

"是的,我今晚就会离开这个小镇。"狼说,"我正准备去跟小原告别。"

"有缘再见。"我说。

"有缘再见。对了……"它突然停顿了一下,似乎在犹豫着什么。

"怎么了?"

"你使我想起了一个人,"狼的目光慢慢打量着我,"那是我在四处流浪时遇到的一个人类,他的年纪比你大很多,但你总是让我想起他,你们之间有一种非常相似的气息……从我第一次见你就想到了。"

"他是什么人?"

"一个拾荒者。但是跟其他拾荒者不一样,他的衣服虽然破破烂烂,可是永远洗得干干净净。说话也很文雅,慢条斯理的。就像我在狼群中是异类一样,他在拾荒者中也是绝对的异类。我们很快就交上了朋友。他见到我一点也不害怕,或者说,我有一种感觉,好像世界上没有什么东西可以让他害怕——当然,按照你们人类的说法,这只是文学性的形容,毕竟无所畏惧的人或动物我还从未见到过。不过,他确实很温和。我们一起待了好多天。我们走过山脉,穿过森林,沿着河流一直走。这期间我们很少说话,因此我对他的身世也完全不了解。他整天都如同在梦游似的,不时会停下脚步,莫名地凝视面前的河流,或是远处的天空,有时还会闭上眼睛,一副沉浸其中的神情。他使我很费解。一般的人类——我主要指那些我见过的拾荒者——每天的目的很明确,就是寻找食物和落脚的地方,还有钱。可对于他来说,这些仿佛都不重要。但是我明显可以感觉到,他也是有目的的,只是我还理解不了。有一天,我实在忍不住了,就问他:'请问,你究竟在找什么?或者说,你什么也没找,这只是我的错觉?'他停下了步子,仔细地看着我,露出了微笑。'我在寻找音乐。'他这样说道,'我在寻找世间最美妙的旋律。你可以理解吗?'我想了想,对他说:'我不是很能理解,不过我可以努力去理解。''我知道,你比很多人更能理解我,'他用一种柔和的目光看着我说,'他们听到我的话,都把我称为疯子。'后来,我们来到了城市的郊区。城市没有我的容身之处,我们只好分手。"

"后来呢?"我沉默了好一会儿,问道。

"我没有再见过他。"它说,"不过我总是会不时想起他。恐怕只有人类才会莫名其妙地为了什么'世间最美的旋律'而漫无目的地游荡。这便是人类与动物的不同之处吧?"

"或许是。"我点点头。

"你和他长得很像,无论是容貌还是气息,而且你们都热爱音乐。"狼说。

"谢谢你。"我对它说。

"谢我什么?"它的语气里有些疑惑。

我对它笑了笑,没有回答。夜色很静。空气中有好闻的花香。我深深地吸了一口气。

"好了,我真的要走了。"过了一会儿,它说。

"你还会回来吗?"我问。

"不知道。或许我早晚会被打死,会被干掉,那么世界上就不再会有人知道曾经存在过一只会说话的狼。"

"我会记住你的。"我说,"也会记住我们说过的话。"

"我走了,"它吸了吸鼻子,"后会有期。"

"后会有期。"

我看到它跃入夜色中,倏忽间就不见了踪影。我对着它消失的方向挥了挥手,尽管它不可能看到。

我继续朝黑暗中走去。

后记
写在散场的时刻

完成一部小说的感觉就如同好朋友的聚会终要散场。当我写完最后一个字，内心除了如释重负外，更多的是伤感。我还记得当我写下第一行字，我来到他们中间——书中可爱的朋友们紧紧围绕着我。我和他们一起经历了一段美妙的旅程。当然，共处的过程中也有折磨、纠结和不信任，甚至也曾想要放弃。可是我知道，我信任书中的每个人物，反过来，他们也会信任我。正是这种书写者与人物之间的信任感，推动我走到了结尾。

然后便是不可避免的分别。毕竟，世界上不存在永不完结的小说。当信任感建立后，或许每个书写者都想将之无限延长，为的是推迟分别的时刻来临，有时甚至不惜延长为自己的一生。正如普鲁斯特、穆齐尔和曹雪芹，他们将生命完全融入精神的创造中，一生只为完成那一部承载生命体验与自我期待的巨著——这或许是每个作家都曾有过的理想。

作为一名书写者，我知道这本书仅仅是个开始。我在书写中寻找自己的声音,寻找值得信赖的事物。这个过程并不封闭,相反,它将走向开阔,与外部世界形成有趣的呼应与融合。在如今的时代,各种艺术都在进行着各种形式的"融合",文学当然也不会例外。

影像、绘画、音乐、哲学、文学、科技……说到底,所有的艺术到最后都殊途同归。他们可能是音乐家、画家、作家、电影导演,但当艺术水准达到了一定的高度,作品所表达出来的思想内涵往往是相同的——这也是我想要努力达到的状态。一幅画,一首歌曲,一部电影,一篇小说,虽然表达形式不同,但内部的核是一致的。当村上春树在爵士乐中寻找到写作的韵律;当大卫·林奇站在弗朗西斯·培根的画作前;当鲍勃·迪伦第一次读到迪兰·托马斯的诗篇……这一切场景都汇聚成了一个个光点,超越了时间、国家、地域与语言,变成了整个当代艺术书写的一部分,变成了整个人类精神创造的一部分。生活在如今的时代,我们的创作究竟与前人有何不同?我想,或许可以从中寻找到某些答案。

诚然,时代的进步挤压着艺术空间——曾经模糊不清的东西逐渐可以被科学和心理学解释,艺术的表达似乎不再重要。但我仍然相信"启示"的存在。正如在最终确定书名的前一天,我读到了废名的诗《十二月十九夜》:

深夜一枝灯,

若高山流水,

有身外之海。

星之空是鸟林,

是花,是鱼,

是天上的梦,

海是夜的镜子。

思想是一个美人。

是家,

是日,

是月,

是灯,

是炉火,

炉火是墙上的树影,

是冬夜的声音。

我被其中"身外之海"的意象打动了。这本小说的发生地就是一个沿海小镇。身外之海,包含了"人"与"海"的对照,同时冥冥之中又有什么东西将二者连结为一体。我对这个有着沉思意味的象征非常着迷,并且坚定地认为这首诗的出现是某种"启示"——否则为何在我为书名困扰的几个月里它都没有出现,却偏偏出现在决定书名的前一天呢?

这样的"启示"遍布又隐藏在生活中。我们当然可以将之解释为偶然现象，但我更愿意把它们理解为一种神秘，而"神秘"正是艺术的源泉。我无法想象一个毫无神秘感可言的世界会有艺术的栖身之地。

最后，感谢所有为这本书的诞生付出了辛劳的编辑、朋友与前辈老师们。当我进入到出版业并出版了自己的书，才真切地了解到一本书从选题到最终出版，其间有多少不易。但我也时刻感受到温暖，因为我看到在这个"从无到有"犹如变魔术的过程中，每个人都不是独自在战斗。

二〇一七年十二月十五日
北京

图书在版编目（CIP）数据

身外之海 / 李唐著. -- 北京：北京十月文艺出版社，2018.3
 ISBN 978-7-5302-1781-8

Ⅰ.①身… Ⅱ.①李… Ⅲ.①长篇小说-中国-当代 Ⅳ.①I247.5

中国版本图书馆CIP数据核字(2017)第324277号

身外之海
SHEN WAI ZHI HAI
李唐 著

出　　版	北京出版集团公司
	北京十月文艺出版社
地　　址	北京北三环中路6号
邮　　编	100120
网　　址	www.bph.com.cn
发　　行	新经典发行有限公司
	电话 (010)68423599
经　　销	新华书店
印　　刷	山东鸿君杰文化发展有限公司
版　　次	2018年3月第1版
	2018年3月第1次印刷
开　　本	850毫米×1168毫米　1/32
印　　张	9.25
字　　数	170千字
书　　号	ISBN 978-7-5302-1781-8
定　　价	49.00元

质量监督电话　010-58572393
如有印装质量问题，由本社负责调换

版权所有，未经书面许可，不得转载、复制、翻印，违者必究。